Maren und Jonas

oder

die Wiederentdeckung der
„Baumann'schen Tiefe"

Peter Siefermann

Da sind zum einen der See mit seinem Panorama- und Wilde Seite-Rundweg, zum anderen zwei Menschen, die sich auf diesem Weg begegnen. Aus dem einen oder anderen Grund nicht unbedingt gewollt, aber letzten Endes doch unvermeidlich. Zwei Personen, eine Frau und ein Mann, die vom Schicksal gebeutelt sind und den Zenit des Lebens bereits überschritten haben. Ein Maler, der nicht mehr malt, und eine Lehrerin, die nicht mehr unterrichtet. Irgendwo dort draußen in einem Dorf an einem See.

*Für alle, die an Leib und Seele
versehrt sind*

Impressum

TWENTYSIX

Eine Marke der Books on Demand GmbH

© 2023 Peter Siefermann

Herstellung und Verlag:
BoD – Books on Demand, Norderstedt

ISBN 9783740726928

Maren und Jonas

21. März 2022
Jonas.
Der Himmel lag hoch über der Landschaft, wie eine gigantische Kuppel aus klarem Kristallglas. Über dem fernen Horizont war am Übergang zwischen der Atmosphäre zum Weltall in blassem Blau die Krümmung der Erdkugel zu erahnen. Sonnenstrahlen nahmen wie eine Armee in breitgefächerter Phalanx die sichtbare Welt ein. Alles geschah auf einmal im verschwenderischen Übermaß. Auf den Wiesen explodierten Blüten in allen nur möglichen Farben, wo immer der zufällige Blick die Zündung dafür auslöste. Bäume schäumten über zarten Grüntönen ihre Kronen in weißen und rosa Wolken, dufteten mal mehr oder weniger aufdringlich nach billigen Deosprays oder betörend schweren Parfums. Lebenstrunkene, flugfähige Insekten eroberten, die Energiespeicher durch photovoltaische Prozesse zum Bersten aufgeladen, den Luftraum, während andere, erdgebundene Arten, durch ihr emsiges Schuften und Wühlen den Humus für eine neuen fruchtbaren Zyklus bereiteten. Die Luft war erfüllt von den Klängen der Natur. Empfindliche Ohren hörten die Säfte in die Pflanzen schießen; das Atmen und Seufzen auf den Wiesen und Feldern; die Gesänge der Vögel in den Hecken, Sträuchern und Bäumen; das Erwachen von Leben.

Gesetzten Schrittes, die Arme bequem auf dem Rücken, ging er, leicht nach vorne gebeugt, den Weg am See entlang. Unter den schweren Schuhen knirschte vornehm der Kies, was ihn zu dem kühnen Gedankenspiel verleitete, dieser gesamte Landstrich gehöre dem Grafen, und der Graf sei er. Er blieb des Öfteren stehen und ließ die Blicke über den See schweifen, als bemerke er ihn zum ersten Mal, gönnte dem Auge die wohltuende ungestörte Weite. Dabei atmete er die runderneuerte frische Luft genießerisch durch die Nase ein. Es lag ein Hauch von Aufbruchstimmung in ihr. Zwar nur leise, doch mit der Zuverlässigkeit eines Versprechens.

Es war einer der kleineren Seen des bayrischen Alpenvorlandes, längst nicht so bekannt wie etwa der Starnberger See, der Tegernsee oder der Chiemsee. Doch immerhin verdankte er seinen Ursprung einem eigenen Gletscher, den er gehabt hatte, als Gletscher noch in Mode gewesen waren. Damals.

Es war Montag. Der erste Frühlingswerktag dieses Jahres, den er bewusst wahrnahm.

Begonnen hatte der Frühling gestern, doch gestern war ein Sonntag gewesen, und sonntags begab sich Jonas nicht ans Licht der Öffentlichkeit. Er hatte seine Gründe.

Er hieß Jonas. Jonas Baumann.

Wie gesagt, blieb er an Sonntagen zu Hause. Wie im Übrigen auch samstags. Es lag an den Leuten. Nicht an den Einheimischen, sondern an den Fremden, die an den Wochenenden zu Hauf an die

Ufer des Sees strömten. Ganze Scharen von Menschen. Hordenweise. Jung wie alt. Familien und solche, die erst planten, eine zu werden. Angesichts solcher Menschenmassen verkroch er sich lieber in den eigenen vier Wänden. Atelier oder Werkstatt, was bei ihm im Prinzip ein und dasselbe war.

Werktags gehörte ihm der Weg am See alleine. Also fast allein, aber die paar Wenigen, denen er möglicherweise begegnete, kannte er in der Regel. Und sie kannten ihn. Einheimische eben, wie auch er einer war. Sie beachteten ihn kaum noch.

Meistens spazierte er in der Mitte des Weges, der bei einer Länge von zweieinhalb Kilometern durchgehend ungefähr zwei Meter breit war. Manchmal, wenn er in Laune war, ließ er sich waghalsig treiben, wie eine weggeworfene Zeitung an einem windigen Tag in der Gasse einer Stadt, ohne System. Dass er dabei das Bild eines Säufers abgab, störte ihn nicht. Wie gesagt: man kannte ihn.

Etwa alle hundert Meter hatte man, abwechselnd links und rechts, eine Sitzbank aufgestellt. Doch Jonas setzte sich nicht auf eine dieser Bänke. Wenn, dann bevorzugte er eine der Sitzgelegenheiten auf der gegenüberliegenden Seite des Sees. Der `minderen Seite´, wie die Leute es hier ausdrückten. Manche sagten auch `die wildere Seite´. Dort verlief nur ein unbefestigter Trampelpfad am Ufer entlang, das an manchen Stellen, bedingt durch das bergige Gelände, steil in den See abfiel und eine Mindestanforderung von Trittsicherheit verlangte. Über die verfügte Jonas in ausreichendem Maße, und außerdem trug er die richtigen Schuhe. Sitzbänke gab es dort auf ganzer Strecke nur deren drei. Wegen der bis ans Wasser reichenden Hänge war der Weg auf jener Seeseite circa dreihundert Meter länger. Aber Jonas zählte die Schritte nicht.

Nun war es so, dass ihm in der vergangenen Woche an zwei Tagen nacheinander auf der minderen Seite eine unbekannte Frau entgegenkommen war. Dienstag und Mittwoch war es gewesen, und dann noch ein drittes Mal am Freitag der gleichen Woche. Am Donnerstag dazwischen nicht. An jenem Tag war er irritiert zu Hause geblieben. Diese zufälligen Begegnungen bargen das Potenzial in sich, ihn aus der Bahn werfen zu können. Erst recht, wenn sich herausstellen sollte, dass sie es nicht waren: zufällig.

Eine Frau also. Eine Fremde, wie er annahm, denn er hatte sie noch nie zuvor gesehen, obwohl er ihr, um das mit Sicherheit behaupten zu können, gar nicht so nah gekommen war. Fünfzig Meter vielleicht. Oder sechzig. Denn Jonas hatte, bevor es auf dem schmalen Pfad zu einer direkten Begegnung geführt hätte, jeweils impulsiv, um nicht zu sagen erschreckt, kehrt gemacht und war, ohne sich auch nur einmal umzuschauen, den Weg zurückgegangen. Oder vielmehr davongeeilt, um bei der Wahrheit zu bleiben.

Einen tannengrünen Mantel hatte sie jedes Mal getragen, wie ihm in Erinnerung geblieben war, sowie trotz des trüben Wetters in jener Woche eine Sonnenbrille mit extragroßen Gläsern. Eine, die das halbe Gesicht bedeckte. Ja. Und ihr Haar hatte wie eine Infrarotlampe geleuchtet. Jedenfalls war sein Gesicht bei ihrem Anblick in Hitze geraten.

Noch etwas, das ihm im Gedächtnis haften geblieben war, war ihr Gang. Natürlich setzte sie Schritt vor Schritt, da gab es keine zwei Meinungen. Doch wie sie es tat – wie eine Tänzerin. Wie eine Seiltänzerin vielleicht? Wegen der besseren Balance mit nach außen gewinkelten Händen? Jonas war sich da nicht ganz sicher. Irgendwie graziös. Ja genau.

Jonas musste davon ausgehen, dass die Frau ihm, wenn er heute wie eigentlich normalerweise immer rund um den See ginge, wieder begegnen würde. Es war ungefähr die gleiche Uhrzeit wie an den anderen Tagen, und er lief stets morgens nach dem Frühstück los. Wobei er das Frühstück selten vor neun Uhr einnahm. Zu einer Zeit also, in der andere bereits ans Mittagessen dachten. Aber auf andere brauchte er keine Rücksicht zu nehmen und es war sein Takt, den er sich angewöhnt hatte.

Er würde auf sie vorbereitet sein. Übers Wochenende hatte er reichlich Muße gehabt, über die Sache der Begegnung im Allgemeinen und über sein unverständliches Verhalten im Besonderen nachzudenken. Er stand ja auf keiner Fahndungsliste, sodass er sich vor den Leuten verstecken musste. Er war Jonas Baumann, vierundfünfzig, eins neunundsiebzig groß und schlank, alleinstehend und … Künstler. Das wars dann aber schon an positiven Dingen, die er dachte, vorweisen zu können. Was darüber hinaus noch an Haben aufzuzählen wäre, ging vorderhand niemand etwas an.

Vorbereitet sein hieß, dass er ebenfalls eine Sonnenbrille dabei hatte. In der Jackentasche bislang, aber sofort griffbereit, sobald er sie zu Angesicht bekommen würde. Er war fest entschlossen, heute nicht zu weichen.

Schon nach ein paar Metern spürte er einen Krampf im rechten Arm, weil er die Sonnenbrille in der Hand vor Anspannung schier zerquetschte. Sich selbst ermahnend, zog er die Hand aus der Jackentasche zurück. Er hüstelte verlegen, war sich selber peinlich, und schaute sich vorsichtshalber um, doch entdeckte er niemanden, der von ihm Notiz hätte nehmen können.

Alter Spinner, dachte er und setzte seinen Weg fort.

Frühling, jaha, und er fühlte sich bald zu warm angezogen. Er kleidete sich stets so, dass er, wenn es sein müsste, sofort ein Amt oder das Krankenhaus oder die Kirche betreten könnte. Ein Anzug mit passender Weste, Krawatte auf weißem Hemd, und Hut. Nur die klobigen Schuhe fielen etwas aus dem Rahmen.

Je länger er unterwegs war, desto mehr verlor er das wache Interesse an der Natur. Als er endlich vom breiteren Panoramaweg auf den Pfad des minderen Ufers einbog, spürte er deutlich den Spannungsbogen, den abzuschreiten er sich vorgenommen hatte. Im Schatten unter den Bäumen setzte er wider alle Vernunft die Sonnenbrille auf die Nase. Er war aufgeregt, keine Frage. In den Achselhöhlen sonderte er einen unangenehmen kühlen Schweiß ab, was ihn mürrisch werden ließ, und auf einmal fühlte er sich beobachtet. Wähnte er hinter jedem Baumstamm und jeder Hecke neugierige unfreundliche Augen und ging automatisch schneller.

Eine kleine Bucht lag hinter ihm und er schritt auf einen Bergausläufer zu, der sich wie eine Zunge in den See hinaus schob und den Pfad zu einer unübersichtlichen Rechtsbiegung zwang. Mit kurzgehaltenem Atem, nahe am Hecheln, begann er das natürliche Hindernis zu umrunden. Was er normalerweise im Blindflug durcheilte, denn er kannte die Halbinsel von etlichen früheren Wanderungen auswendig, erschien ihm heute wie ein Hindernis. Denn heute kam ihm jeder Grashalm in die Quere, der die Frechheit besaß, in das Wegeprofil zu ragen und ihn in der Sicht störte. So war es nicht verwunderlich, dass er fürchterlich erschrak, als gerade an dieser Stelle das eintraf, auf das er im Grunde die ganze Zeit vorbereitet gewesen war: Nämlich dass der tannengrüne Mantel plötzlich direkt vor ihm stand. Blick links, Blick rechts - und keine Möglichkeit, in großem Bogen auszuweichen.

Vorbereitet ja, jedoch nicht ausgerechnet hier. Er hatte in Gedanken ein anderes Gesichtsfeld erwartet. Breiter mit mehr Raum. Einige Dutzend Meter weiter hätte es mehrere solcher Stellen gegeben. Aber nein, ausgerechnet hier musste es sein, und er fragte sich, ob sie früher von zu Hause aufgebrochen war als vergangene Woche.

Tannengrüner Mantel, der sich als Trenchcoat entpuppte, Sonnenbrille, roter Haarschopf – zwei Meter vor ihm. Dann nur noch ein Meter. *Zum Donner, das wird eng.*

Irgendwie trat er zur Seite ins Kraut. Sie balancierte, *hoch auf dem Seil*, auf halbe Armeslänge an ihm vorbei, oder er an ihr – die Sache blieb auf ewig ungeklärt. Ein Urlaut entschwand seiner Kehle, als würde er das Wort *Kartoffel* ohne die Verwendung von Konsonanten sagen, und das war's. *Aaooee.*

Doch da!! Da!! Mein Gott! In der Luft. Ein Hauch, ein Odeur, der zarte Duft eines Parfums, flüchtig, ätherisch – ihr Atem, nein, ihr Odem … Quatsch … ach, sie selbst …

Aaooee. Du bist ein Schwachkopf, Jonas.

Jonas verspürte gute Lust, wie ein Kastenteufel zu hüpfen. Vorbereiteter auf eine Begegnung als er konnte man eigentlich gar nicht sein. Doch er hatte es vermasselt. Hatte vor lauter Perplexität nicht einmal daran gedacht, sich ein Bild von ihr zu merken. Beziehungsweise auf der Festplatte im Kopf zu speichern. Weder aus der Nähe von vorne, noch im Profil, als sie ihn passiert hatte. Oder er sie. Nicht mal den genauen Ablauf konnte er rekonstruieren. Lediglich ihren Duft hatte er in der Nase. Wenn er wenigstens ein Fläschchen mitgenommen hätte, mit dem er hätte die angereicherten Luftmoleküle einfangen können. Pfropf runter, Duft hinein, Pfropf drauf. Doch er hatte nichts. *Aaooee.*

Und sie? Hatte sie irgendwie dergleichen getan, als ob sie Interesse an einem Schwatz … an ihm …? Hatte sie ihn etwa gegrüßt und er hatte es nicht gehört?

Noch immer befand er sich den einen Schritt neben dem Pfad und trampelte mit den groben Schuhsohlen das wuchernde Grün zu Brei. *Japanisches Springkraut,* wie er nebenbei und blödsinnigerweise meinte festzustellen. Er schüttelte den Kopf und meinte, ein kleines Kügelchen *klickerdiklick* im Schädel hin und her rollen zu registrieren.

Das wird ja immer lustiger, dachte er und setzte reichlich demotiviert seine Wanderung um den See fort.

*

Maren.
Wenn Maren eine Wahl gehabt hätte, dann hätte sie mit dem Umzug gerne noch ein Vierteljahr gewartet. Wäre erst zum Frühlingsbeginn hierher gezogen.

Aber so war es nicht gewesen. Sie war wegen Eigenbedarfs des Vermieters auf Ende Januar aus ihrer bisherigen Wohnung in der Stadt herausgekündigt worden, und es war ein Glück gewesen, dass sie das kleine Häuschen, in dem sie jetzt wohnte, rechtzeitig im Portfolio eines Maklers entdeckt und hatte kaufen können.

Mitten im Winter also, Wohnungs- und Ortswechsel.

Einfach gewesen war es nicht. Die Handwerker hatten sich noch im zu renovierenden Häuschen befunden, als die Spedition bereits die Möbel lieferte. Neue Fenster hatte sie bestellt sowie eine neue Haustür, aber es war hauptsächlich an der alten Heizung gelegen, die Sperenzchen gemacht hatte. Maren musste ihretwegen die ersten Nächte in voller Bekleidung und mit einer Wärmflasche schlafen, um die Kälte innerhalb der vier Wände einigermaßen zu überstehen. Als die Heizung dann endlich und zuverlässig funktionierte, konnte Maren das Schreckgespenst eines eventuellen Fehlkaufs wegen Überstürzung vergessen.

Gut, vielleicht war sie hereingelegt worden. Nicht nur, dass ihr ehemaliger Vermieter keinen echten Eigenbedarf in Anspruch nahm, sondern dass der Makler durch zwei Scheinkäufer den Preis für das Häuschen in die Höhe getrieben hatte. Nicht übermäßig, aber bestimmt lukrativ für ihn. *Nun, wenn es ihn glücklich macht?*, dachte sie.

Im Grunde war es nicht mehr als eine Hütte, das Häuschen, doch es besaß Charme, und außerdem gehörte ein respektabler Garten dazu.

Es war ein einstöckiger Backsteinbau im Geviert von fünf auf fünfeinhalb Metern, einen zweiten Stock in Holzbauweise aufgesetzt, insgesamt nicht mehr als ein sogenanntes Tiny House. Im Erdgeschoss befanden sich eine kleine Küche, ein Wohnzimmerchen, ein Badezimmer und eine Speisekammer; im ersten Stock ein Schlafzimmer, ein Arbeitszimmer, eine Besenkammer und ein weiteres Bad. Kleinformat für schmale Geldbeutel. Ganz oben unterm Dach ein winziger Speicher, zu dem man über eine Ausziehleiter gelangte.

Peu à peu hatte sich Maren in das neue Haus und die neue Umgebung eingelebt. Handwerklich zwar keine Idealbesetzung, doch auch nicht ungeschickt, verschönerte sie ihr überschaubares Heim in eine kuschelige Wohnstatt.

Anfänglich etwas betrübt darüber, dass ihr neues Domizil nicht direkt am See stand, sondern verdeckt hinter dem Wall einer eiszeitlichen Seitenmoräne, arrangierte sich Maren in kurzer Zeit mit der Lage. Nicht zuletzt Einwohner des nahen Dorfes waren es, die sie anhand von zu Ferienzeiten aufgenommenen Fotografien eines Besseren belehrten. Touristen, die in nicht abreißen wollenden Schlangen um den See pilgerten. Auf solche Bilder und die damit zusammenhängenden negativen Nebenerscheinungen konnte sie gerne verzichten.

Wenn sie also an den See oder ins Dorf wollte, dann musste sie zuerst diesen einen Hügel überschreiten. War sie unten am Wasser angekommen, hatte sie die Wahl zwischen links und rechts. Wandte sie sich nach rechts, erreichte sie nach zweihundertfünfzig Metern das Dorf, wo sie alles bekam, was man an Lebensmitteln und Haushaltwaren brauchte. Ging sie nach links, betrat sie den Pfad entlang der minderen Seite des Sees.

Sie spürte es jeweils körperlich, wenn nach den Schulferien der Unterricht wieder begann. Ihren über Jahre hinweg ausgebildeten inneren Kalender konnte sie nicht ignorieren, so sehr sie sich auch bemühte. Zu lange war ihr Leben danach getaktet. Gewesen, musste sie sagen, denn sie unterrichtete nicht mehr. Nicht mehr seit der Brustkrebsdiagnose vor nun zehn Monaten.

Der Stundenplan jedoch steckte wie eine Computerfestplatte, die sich nicht löschen ließ, in ihrer biologischen Struktur. Montags zum Beispiel ab neun Uhr fünfundvierzig zwei Unterrichtsstunden Chemie. Danach eine Stunde Geschichte. Die Unfähigkeit, die Erinnerungen an den Beruf nüchtern zu verwalten, war Segen und Fluch gleichermaßen. Einesteils war sie mit Leib und Seele Lehrerin gewesen, anderteils sehnte sie sich nach dem erforderlichen Abstand, um mit Kraft und Ruhe der hässlichen Krankheit widerstehen zu können. Hässlich, natürlich, denn wie konnte eine Frau mit nur einer Brust schön sein?

Die Kündigung ihrer ehemaligen Wohnung war Maren gar nicht mal so ungeschickt erschienen. Klar war es anfangs ein recht übler Schock gewesen. Krank sein und auf der Straße landen? Doch bald hatte sie die Herausforderung angenommen und für sich genutzt. Sie hatte einen Schnitt gebraucht. Eine Zäsur. So gesehen war ihr die erzwungene Veränderung wie ein Wink des Schicksals vorgekommen. Vielleicht hätte sie darum kämpfen können, eine andere Wohnung zu mieten und dadurch am gewohnten Ort und an ihrer Schule zu bleiben. Ja, vielleicht. Aber zugegebenermaßen hatten sie ein großer Anteil Lethargie und ein erkleckliches Maß Selbstaufgabe von jederlei Widerstand abgehalten. Diese beiden Komponenten waren es auch, die Maren gar heute noch für ihre häufigen Stimmungsschwankungen verantwortlich machte. War sie auf der einer Seite durchaus mit Zuversicht ausgestattet, neigte sie auf der anderen Seite zur Schwermut.

Der Arzt hatte ihr Bewegung verordnet. „Aber machen Sie um Gottes Willen nichts Dramatisches", bremste er sie ein. „Spaziergänge werden Ihnen gut tun. Frische Luft, verstehen Sie?"

Spaziergänge.

Seit einer Woche bog sie jetzt, nachdem sie den Moränenhügel neben ihrem Haus überquert hatte, am Seeufer nach links ab. Der schmale Pfad unter den Wipfeln der Bäume schien ihr grundsätzlich sympathischer als der breite Weg drüben beim Dorf. Es war die Stille, die sie lockte, und dass ihr, wenn nicht gerade Ferien waren und der See von Touristen überrannt wurde, vermutlich kaum jemand begegnen würde. Sie trug den Trenchcoat, den sie extra dafür gekauft hatte. In Tannengrün.

Etwas gab ihr jedoch, was ihre Sicherheit betraf, zu denken. Dreimal schon war ihr ein Mann auf dem Pfad begegnet, dessen Verhalten sie merkwürdig fand. Jedes Mal nämlich war er, sobald er ihrer Gewahr worden war, auf der Stelle umgekehrt und hatte, so musste sie es sehen, das Weite gesucht. Oder ein Versteck?!

Sie war dann jedenfalls selbst nicht mehr weiter gegangen, sondern hatte ebenfalls gewendet und war nach Hause oder ins Dorf zurückgeeilt. Denn weiß der Teufel, was der Kerl eventuell vorgehabt hatte. Man wusste ja nie. Immerhin war sie eine gutaussende Frau mittleren Alters, durchaus attraktiv, wenn man von den Brüsten absah, und dass ihr eine Brust fehlte, konnte der Mann, woher denn auch, ja nicht ahnen.

Dreimal. Dienstag, Mittwoch und Freitag. Donnerstags war sie zu Hause geblieben, und übers Wochenende auch.

So. Und heute war Montag und Maren war etwas früher als üblich aufgebrochen, weil sie den Pfad endlich einmal von Anfang bis Ende gehen wollte, ohne dass ihr unterwegs aufgelauert wurde. *Ach, ist doch wahr!*

Auf der Wanderkarte, die sie zu Rate gezogen hatte, schlängelte sich der Weg in etlichen Kurven am Ufer entlang. Genau in einer Biegung, die einen Bergvorsprung umrundete, geschah es. Plötzlich standen sie sich frontal gegenüber. Sie und dieser … Mann. Viel näher als die dreimal vorher. Sehr viel näher. Zwei Meter vielleicht. Dann einer.

Ich weiche nicht aus, dachte Maren mutig und hielt die Luft an.

Da trat er einen Schritt zur Seite und machte ihr Platz.

Langsam und zitternd ließ Maren die Luft aus der Lunge entweichen. *Mannomann. Ups, hat er was gesagt? Alohahe? Was ist das denn für eine Sprache? Ist es hawaiianisch?*

Maren umrundete nun mit schnellen Beinen und fliegendem Atem den See in Gänze und hielt erstmalig wieder an, als sie von der Erhebung der Moräne herab ihr Haus unter sich sah. Wie oft sie nach hinten geschaut und sich versichert hatte, dass sie nicht verfolgt wurde, konnte sie beim besten Willen nicht sagen. Ähnlich dürftig, musste sie eingestehen, würde eine detaillierte Beschreibung des Mannes ausfallen, wenn sie gezwungen wäre, eine abzugeben. *Mann im dunklen Anzug mit Hut und ... Sonnenbrille? Ja, Sonnenbrille.* Hundertprozentig genau wusste sie es aber nicht.

Verbindungen ins Dorf pflegte Maren bislang kaum. Zu kurz, zu frisch lebte sie erst hier. Der Umzug sowie die Renovierung und Einrichtung des Hauses hatten viel Zeit und Kraft in Anspruch genommen. Das Gespenst des Krebses hauste noch immer in ihrer Seele.

Sie grüßte freundlich nach allen Seiten, das war's aber auch schon. Sie kaufte beim Bäcker ein und in der Bio-Abteilung des Dorfladens. Getränke wurden ihr von einem außerhalb ansässigen Großhändler auf telefonische Bestellung vor die Haustür geliefert. Im Übrigen beschäftigte sie sich mit der Absicht, den imposanten Garten wiederzubeleben und sich großteils mit Gemüse und Obst selbst zu versorgen.

Der Frühlingsanfang schien ihr die richtige Zeit zu sein, mit Planung und Umsetzung zu beginnen. Es gab nur ein kleines Problem dabei: Maren hatte von der Gärtnerei so gut wie keine Ahnung. Über dieses Defizit, stellte sie sich vor, würde sie vielleicht mit der einen oder anderen einheimischen Person in Kontakt kommen. Hier verstanden wahrscheinlich die meisten Leute etwas von Gartenarbeit, und beratungsresistent war sie nicht. Was sie indes nicht wollte, das war über ihre Krankheit zu reden, beziehungsweise über die Krankheit definiert zu werden. Die war sozusagen Geheimsache.

Am Nachmittag las sie bei Kaffee und Gebäck im Debutroman der Schweizer Schriftstellerin Rebekka Salm: *Die Dinge beim Namen*. Die Geschichte von der Vergewaltigung einer jungen Frau in einem Dorf, und wie im Laufe der Jahre die rauen Kanten des Verbrechens im dörflichen Idyll durch unterschiedlichste Wahrnehmungen und Betrachtungen glattgeschliffen wurden, wie bei einem Bachkiesel.

Vom Thema des Buches glitten Marens Gedanken zurück zum heutigen Morgen und dem Beinahezusammenstoß mit dem sonderbaren Mann. Die vierte Begegnung, wie sie konstatierte. *Macht es Sinn, darüber Buch zu führen?*, fragte sie sich. *Tagebuch einer schrulligen Ex-Lehrerin. Oder soll ich schrullig durch hysterisch ersetzen? Geschichte einer Vergewaltigung, die nicht stattgefunden hat?*

Maren wurde bewusst, dass sie sich gerade um die Staatsbürgerschaft Absurdistans bewarb und klappte aus Scham energisch das Buch zu. *Was betreibe ich hier eigentlich? Rufschädigung durch Vorverurteilung? Morgen entschuldige ich mich bei ihm*, nahm sie sich vor. *Versprochen.*

Der Kaffee war kalt geworden. Sie goss ihn zum Fenster ihres kleinen Wohnzimmers hinaus, und sah im gleichen Moment ein zerzaustes Wesen im Garten sitzen. Ein *Gremlin*? Ein Waldschrat? Nicht mehr als eine Handvoll Elend.

*

Jonas.
Jonas argwöhnte, dass die Bäckerin und das Personal vom Dorfladen mehr über die geheimnisvolle Frau wussten als er. Und wenn er den Getränkegroßhändler fragte würde, könnte der ihm sogar sagen, wo sie wohnte. Aber Jonas fragte nicht. Weder die einen noch den anderen. Clever wie er war, schob er das Unvermögen zur Kommunikation in deren Schuhe und erhielt somit einen trefflichen Grund, selber zu schweigen. Darin war er ziemlich gut.

Er fand, dass er im Recht sei. Irgendeiner von denen hätte doch mal sagen können: *Ach, Sie sind doch der Herr Baumann, gell? Haben Sie schon gewusst, dass wir eine neue Menschin im Dorf beherbergen? Ja, stellen Sie sich vor, eine Frau. Doch, durchaus ansehnlich. Sie wohnt übrigens …*

So oder so ähnlich müsste ein normales Gespräch unter Bürgern ablaufen. Aber da tat sich nichts. Keiner kam von sich aus auf die Idee, ihn anzusprechen. Nicht wegen der Frau, und auch nicht wegen etwas anderem.

Nur wenn die Karnevalsgesellschaft an Fasching ihren jährlichen Motivwagen bei ihm in der Halle unterstellen wollte, war er gut genug. Auf die Eintrittskarte zum Kappenabend, die man ihm jeweils als Gegenleistung gab, konnte er verzichten. Zum Zwangslachen hatte er noch nie Lust gehabt.

Ihm gehörte nämlich der Bahnhof samt Güterhalle. Ehemaliger Bahnhof und ehemalige Güterhalle, um genau zu sein. Einst Schmalspurendstation der Voralpen-Ein-Meter-Bahn (VEMB).

Im Bahnhofsgebäude wohnte er. Alle für den bahntechnischen Betrieb nicht erforderlichen Installationen, wie zum Beispiel Fahrkartendrucker mit Fahrkartenschalter und Gepäckwaage, waren nach der Stilllegung entfernt worden. Nur die Weichenstellhebel, deren zwei, hatte man für eine eventuelle Renaissance der Strecke gelassen. Sie störten Jonas nicht.

Von der unvollendeten Seeumrundung zurück, war der Zeitungskiosk in der Hauptstraße Jonas´ nächstes Ziel. Wenn eine Person im Dorf existierte, mit der er regelmäßiger als mit anderen zu tun hatte, dann war es der Kioskinhaber Herr Manfred Mühlstein. Mit *zu tun haben* meinte Jonas nicht Gespräche führen oder sich unterhalten, sondern die

Tageszeitung zu kaufen und jeden zweiten Tag eine Schachtel Zigaretten. Je nachdem, wenn der Zigarettentag auf einen Donnerstag oder Freitag fiel, und das tat er zwangsläufig, kaufte er auch zwei Schachteln.

„Ich hätte Sie fast nicht erkannt, Herr Baumann", grüßte der Verkäufer, und malte mit den Zeigefingern Kringel vor seinen Augen. „Die Sonnenbrille."

Wortlos nahm Jonas die Sonnenbrille ab und steckte sie in die Jackentasche. „Eins und eins", lautete seine präzise Bestellung.

„Sind Sie in ein Unwetter geraten?"

„Wieso das denn? Die Sonne scheint", erwiderte Jonas und legte den abgezählten Geldbetrag für Zeitung und Kippen auf den Tresen.

„Sie sehen so verhagelt aus", beliebte Herr Mühlstein zu scherzen.

Jonas raffte Zeitung und Zigaretten zusammen und drehte dem Kiosk den Rücken zu. „Affenarsch", murmelte er beim Weggehen und beeilte sich, nach Hause zu kommen.

Der Bahnhof mit seinen zwei Gleisen und zwei Weichen lag am Ortsrand, dort, wo das wildromantische Lärchental begann. Eine Interessengemeinschaft, bestehend aus Eisenbahnpensionären, Amateureisenbahnern und Eisenbahnmodellbauern versuchte seit Jahren, die Ein-Meter-Schmalspurbahn als Museumsbahn wieder auferstehen zu lassen. Doch leider gab es seitens der Anwohner entlang der maroden alten Gleise zu viele

Einsprüche gegen die Pläne. Zwei Lager, die sich unversöhnlich gegenüberstanden. Die Gleisanlagen wurden im Laufe der Zeit von alleine auch nicht besser, und bei der Polizei lag eine Anzeige wegen Diebstahls von Eisenbahnschienen vor. Ein Fall von Sabotage für die einen, ein Zeichen von göttlicher Fügung für die anderen.

Jonas, den man von beiden Seiten für sich vereinnahmen wollte, hielt sich da heraus.

Über der Eingangstür zu seiner Wohnung, früher war es die Tür des Fahrkartenverkäufers, des Fahrdienstleiters, des Stellwerkers und des Bahnhofvorstehers in Personalunion zu seinem Arbeitsplatz, hatte er ein Schild angebracht. Darauf stand: Jonas Baumann, *Maler(?)* und *Pöt*.

Natürlich sollte es *Poet* und nicht *Pöt* heißen. Doch in der seltenen Anwandlung eines komischen Gedankens hatte er in einsamer Haltung entschieden, dass er mit der Verballhornung des Wortes ein Alleinstellungsmerkmal geschaffen hatte – und ließ es, einmal geschrieben, so wie es war stehen. *Pöt*.

Auch mit der kryptischen Schreibweise *Maler (?)* hatte es eine Bewandtnis, doch von mehr tragischer als von heiterer Natur. Jonas plakatierte damit seine innere Zerrissenheit und stellte sich und seine künstlerische Berufung öffentlich zur Diskussion. Nur dass ihn niemand darauf ansprach, genauso wenig wie er mit dem sensiblen Thema hausieren ging. Dass er allerdings darunter litt, konnte indes keiner übersehen.

Wo im Bahnhof einst der Wartesaal gewesen war, wobei man sich unter einem Saal gemeinhin größere Dimensionen vorstellte, befand sich heute Jonas´ Atelier, das ihm gleichzeitig als Galerie diente. Die Gewichtung neigte jedoch eindeutig Richtung Galerie, denn gemalt, richtig gemalt, hatte er schon längere Zeit nicht mehr. Unter richtig malen verstand er die Kunst, seine Art, Dinge zu sehen, auf die Leinwand zu übertragen und in Bilder umzusetzen. Und im Falle dass er nichts sah, sich vom Nichts gegenstandslos über die Leinwand führen zu lassen. Doch genau hier, bei Letzterem, stieß Jonas an Grenzen. An **seine** persönlichen Grenzen.

Die Sache mit der Gegenstandslosigkeit lag wie eine Barriere in seinem Schädel und war letztlich der Grund, weshalb er überhaupt nicht mehr malte.

Jonas war nie ein Mensch mit außergewöhnlich reicher Fantasie oder schäumendem Esprit gewesen. Wenn er sich künstlerisch einmal gegenstandslos ergossen hatte, dann sah der versierte Betrachter des Bildes sogleich, dass sich der Maler an bekannten und bestehenden Werken anderer Künstler orientiert hatte. Man vermied zwar das Wort Kopie, entwertete das Bild aber als Nachahmung, was für den Kunstschaffenden einer Katastrophe gleichkam.

Einen Namen gemacht, und als willkommenen Nebeneffekt auch Geld, hatte sich Jonas mit der gegenständlichen Malerei. Man sprach in den illustren Kulturkreisen sogar von der *Baumann´schen Tiefe*. Tatsächlich gelang es ihm, durch geschickte Einsätze perspektivischer Elemente einen besonderen Stil zu kreieren, der seinesgleichen suchte. Keinem anderen zeitgenössischen Maler gelang es, das Auge des Betrachters so sehr in den Raum hineinzuziehen. Natürlich war die Auswahl der Motive mitentscheidend für die gewollten Wirkungen, aber auch darin zeigte sich Jonas als wahrer Meister seines Fachs.

Hatte sich gezeigt. Denn es war gewesen. Jonas malte keine Tiefen mehr. Konnte nicht. Und weil er weder das eine noch das andere mehr konnte, war sein Gemüt griesgrämig geworden. Das Fragezeichen auf dem Schild über der Haustür bedeutete also, dass er sich als Maler grundsätzlich in Frage stellte.

Und wie aus einem verzagten Arsch auch kein fröhlicher Furz kommen kann, kümmerte auch das Alleinstellungsmerkmal *Pöt* unlustig dahin. Einstmals als Hinweis auf einen vergnügten Dichter erdacht, gelangen ihm zur Jetztzeit keine leichten und keine sinnigen Verse mehr. Im Übrigen auch keine leichtsinnigen. Der miesepetrige, niedergeschlagene und auch verzweifelte Jonas litt an einer Mal-, Wort- und Schreibblockade.

Einmal in der Wohnung, pfefferte er die nutzlose Sonnenbrille in das Geschirrspülbecken. Ein bitterer Zug lag um seinen Mund. In dieser Stimmung begab er sich ins Badezimmer und stellte sich vor den Spiegel, aus dem ihm ein einäugiger Pirat mit schwarzer Augenklappe entgegenglotze. Die Ursache allen Übels.

Scheißspiegel, dachte er, und sich seines Zustands erneut drastisch vergegenwärtigt, verließ er das Bad fluchtartig. Erst jetzt setzte er den Hut ab und hängte ihn gewissenhaft an den Garderobenhaken. Es war ein echter *Stetson,* den er, als die Einnahmen noch sprudelten, für teures Geld erworben hatte. Mit fahriger Hand und gespreizten Fingern kämmte er die wilden grauen Haarlocken zu seinem Marken-zeichen, der Künstlerfrisur. Es gab Leute, die ihn allein an seinem Schattenwurfbild als Jonas Baumann erkannten, worauf er nicht wenig stolz war. Ein bisschen Eitelkeit hatte er dann doch in die aktuelle Lebensphase herübergerettet.

Mit drei Handlungen, die er in der Reihenfolge nie änderte, bereitete er sich auf seine dritte große Leidenschaft vor: das Kochen.

Als bekennender Wagnerianer schaltete er den Plattenspieler ein und legte aus seiner umfassenden Vinyl-Sammlung die Oper *Der fliegende Holländer* auf. Dann entkorkte er eine preisgünstige Flasche Merlot, füllte ein Glas und trank es ohne Genuss zur Hälfte leer, bevor er den Rest auf die Anrichte stellte. Zuletzt band er eine Küchenschürze um und krempelte die Hemdärmel bis zu den Ellbogen.

Er kochte mit schwungvollen dramatischen Gesten. Von hinten betrachtet wirkte er wie der Dirigent eines Orchesters, der mit kräftigen Armbewegungen den Takt und Rhythmus der Musiker bestimmte. *Ihr Einsatz, Petersilie; Oregano nicht so zaghaft; und dranbleiben, dranbleiben,*

Anschluss halten, schön getragen; da, eine Prise
Salz; und da, eine Drehung Pfeffer; die Zwiebel bitte
etwas kräftiger im Auftritt; und jetzt mit Furore die
gehackte Tomate dazu und mittenrein in den Topf.
Alle zusammen langsam anschwellen, und am Ende
ein Fortissimo, dass die Scheiben beschlagen ...
wunderbar, meine Gemüse, wunderbar.

In wortwörtlich überkochender Euphorie fiel
Jonas´ Blick zufällig in die Ecke der offenen Küche,
wo Minou, der Kater, seinen Fressplatz hatte. Beide
Futternäpfe, Nass- wie Trockenfutter, blieben seit
Tagen unberührt.

Es war schon vorgekommen, dass Minou ein oder
zwei Tage verschwunden war. Auch mal drei Tage.
Aber dann war er wiedergekommen, als sei es die
normalste Sache der Welt. Doch über eine Woche
war er noch nie weg gewesen, und heute waren es,
wenn Jonas recht überlegte, neun Tage. Er sah ein,
dass er etwas tun musste.

Er vergaß die Soße für Spaghetti Napoli, wischte
die Hände an der Schürze ab und ging auf den
Bahnsteig hinaus, um nach dem Kater Ausschau zu
halten. Über den Gleisen hing, wie immer bei
Sonnenschein, der typische Geruch von Carboline-
um, das die Holzschwellen der Bahn vor dem
Verrotten bewahrte. Im alten Schotterbett der
Schienen wucherten erste Gräser ans Licht. Hinterm
Prellbock streckte das Johanniskraut die Fühler an
die Luft, und hartgesottene Zauneidechsen wärmten
ihr winterkaltes Blut für den erwarteten Sommer auf.

In Nullkommanichts hatte sich die Natur die Bahnhofsbrache zurückerobert.

Doch weit und breit war kein grauer Tiger zu sehen. Er rief seinen Namen, wartete eine Weile, doch entlang und jenseits der Gleise rührte sich nichts. Ein letzter umschweifender Blick – und Jonas kehrte ins Haus zurück. Dabei prüfte er, bereits zur Routine geworden, ob die Katzenklappe richtig eingestellt war, die dem Vierbeiner sowohl den Freigang als auch den Zutritt ins Haus ermöglichte. Doch an ihr war alles in Ordnung. *Hm, komisch*, dachte Jonas und widmete sich wieder dem Wein und der Mahlzeit. Beim Essen, das zugegebener jedes Mal anders schmeckte, obwohl er stets die gleichen Zutaten verwendete, fasste er einen Entschluss.

Ohne erst das Geschirr zu spülen, was er sonst immer tat, egal, was gerade passierte, ging er ins Atelier hinüber und nahm einen der Aquarell-Zeichenblöcke zur Hand. Er schloss das linke unversehrte Auge und konzentrierte sich kurz. Es brauchte kein Bild mit Tiefeneffekt zu sein. Dann fixierte er mit einem Bleistift gedankenschnell die Umrisse aufs Papier, um die Konturen danach mit Wasserfarben auszumalen. Bald entstand aus den Farben das Bild eines kleinen, grauen Tigers mit schwarz gestromtem Kopf, langhaarigem Fell und wunderfitzigem Gesicht.

Mit dem ersten Exemplar durchaus zufrieden und unter strikter Ablehnung jeglicher Fotokopiergeräte, schaffte sich Jonas in einen wahren Rausch hinein, und fertigte in eineinhalb Stunden und einer zweiten Flasche Merlot vier weitere Abbilder des ersten.

Daran, dass er im Anschluss fünf, aus reiner Gewohnheit signierte *Original-Jonas-Baumann-Gemälde* an Zäune und Litfaßsäule im Ortskern verteilte, dachte er nicht im Geringsten.

*

Maren.
Maren schloss vorsichtig das Fenster und verließ auf Zehenspitzen das Haus. Von der Haustüre schlich sie zur Hausecke und lugte nach rechts ins Feld, wo das kleine Fellknäuel saß. Unverwandt starrte es zu ihr her, vielleicht sechs Meter entfernt.

Maren beugte die Knie, streckte eine Hand aus und lockte mit sanfter Stimme: „Miez Miez Miez."

Es handelte sich natürlich um eine Katze, so viel war ihr klar, und taub schien die Mieze nicht zu sein, denn Kopf, Augen und Ohren waren interessiert auf Maren gerichtet. „Miez Miez Miez", lockte sie wieder und wagte aus der Hocke einen kleinen Schritt nach vorne.

Zu viel der Nähe. Wie ein Federwisch kehrte die Katze ihr den Rücken zu und huschte mit waage-recht ausgestrecktem Schwanz in den nahen Buchenhain.

Maren richtete sich enttäuscht auf und blieb noch eine Weile draußen stehen. So sehr sie den dichten Hag auch mit den Augen absuchte – von dem scheuen Tier bekam sie an diesem Tag nichts mehr zu sehen.

Doch die kurze Begegnung genügte Maren als Anstoß für den Gedanken, wie es wäre, sich eine freundliche und zutrauliche Gesellschafterin zuzulegen.

Mit vor Aufregung laut pochendem Herzen ging sie im Haus die Möglichkeiten durch, wie sie einem Haustier gerecht werden könnte. Moment, nicht ein x-beliebiges Haustier, sondern wenn, dann würde es eine Katze sein. Wo also wäre der beste Platz für das Futter, und wo sollte das Tier schlafen? Und einmal angefangen zu überlegen, sah sich Maren alsbald veranlasst, Papier und Kugelschreiber zu nehmen und alles aufzuschreiben, was ihr zur Tierhaltung einfiel. Welches Futter? Nass, trocken, oder beides? Welches Toilettenstreu? Grob, fein, klumpend oder nichtklumpend, aus Gesteinssand oder pflanzlichen Ursprungs? Was zur Fellpflege? Katze oder Kater? Welcher Tierarzt? Bin ich bereit, mein Leben an einen Mitbewohner anzupassen? Und zum Schluss die Frage aller Fragen: *Wo kriege ich überhaupt eine Katze her?*

Maren erinnerte sich ihres Opas, der einmal gesagt hatte: *„Frühjahrskatzen sind gesünder als Herbstkatzen."*

Das mochte gestimmt haben, als Opa noch ein Kind war. Damals hatten Katzen noch einen ganz anderen Stellenwert gegenüber heute. Er war auf einem Bauernhof aufgewachsen, und dort bekamen die Katzen ihre Jungen überwiegend im Freien oder in irgendeiner Scheune. Standen der nasse Herbst und der kalte Winter bevor, hatten Katzenbabys mit Sicherheit einen schwereren Stand zu überleben als solche, die im März oder April geboren wurden und in den Sommer hinein aufwuchsen.

Darüber hinaus vertraute Maren den geänderten Verhältnissen, was die Katzenhaltung betraf, und sowieso hatte sozusagen vor einer Woche erst der kalendarische Frühling begonnen. Demnach stellte sich die Frage nach Frühjahrs- oder Herbstkatze für sie nicht. Es würde auf jeden Fall ein Aprilkätzchen sein, und wenn sie zwischen Buben und Mädchen die Wahl haben dürfte, dann würde sie sich für ein Mädchen entscheiden. Die Gelegenheit, sich bei den richtigen Leuten zu erkundigen, würde sich bereits morgen ergeben, denn dienstags war vormittags Bauernmarkt im Dorf.

In der Stadtwohnung hatte sie seitens des Vermieters keine Haustiere halten dürfen. Außerdem hatte sich von der damaligen beruflichen Situation her die Frage nach einer Katze oder einem Hund gar nicht erst gestellt. Der Aufwand, den sie für die Schule betrieben hatte, hätte für ein Haustier keinen Raum gelassen.

Hingegen waren jetzt die Voraussetzungen ganz andere. Wenn Maren nicht gerade wegen ärztlicher Untersuchungen oder Terminen abwesend war, stand ihr jede Menge Zeit zur Verfügung. Daher fand sie es, je länger sie sich mit der Idee beschäftigte, sogar sinnvoll, die leeren Stunden mit einer

Verantwortung zu füllen. Und da sie die Sache von Beginn an richtig machen wollte, suchte sie per Handy im Internet nach entsprechender Literatur. Von der schieren Masse schlichtweg überfahren, schlug sie nach unerquicklicher Suche einen anderen Weg ein; nämlich den zur dörflichen Leihbücherei. Dort fand sie nicht nur eine große Auswahl an Fachbüchern, sondern in den beiden ehrenamtlich angestellten Damen hervorragende, in praktischer Katzenhaltung erfahrene Beraterinnen. Nach kurzweiligem Gespräch bei Kaffee und Keksen ging Maren am Ende mit zwei Büchern nach Hause, die ihr als nützlich empfohlen worden waren. Und sie hatte zudem einen Zettel mit zwei Namen von Bauern in der Tasche, die ihre Produkte auf dem Markt anboten und den Damen aus der Leihbücherei als Halter von Katzen und Abgebern von Jungtieren bekannt waren. Diese Aussichten beflügelten Marens Schritte.

Daheim wurde sie jedoch bald von Zweifeln erfasst. In die hoffnungsvoll aufgebaute optimistische Stimmung mischten sich destruktive Gedanken und sie bekam zu spüren, wie fragil ihr notdürftig gebundenes, geklebtes, geschustertes, genageltes, getackertes, genietetes oder wie auch immer repariertes Seelengerüst noch immer war.

Auf einmal bereitete ihr die augenscheinliche Abgeschiedenheit des Häuschens Angst. Was einmal als begehrenswerte Besonderheit angepriesen und von ihr unkritisch übernommen worden war, entwickelte sich in einer hyperventilierenden Atemnot als Mühlstein um den Hals. Die freiwillig gewählte Einsamkeit, der schützende und heilende Kokon, wurde ihr zur einengenden Schraubzwinge. Die kuscheligen Maße des Häuschens zur klaustrophobischen Kiste. Sie empfand Symptome wie eine Drogenabhängige auf Entzug, und wäre sie eine Junkie, würde sie jetzt einen Schuss setzen.

Zweihundertfünfzig Meter bis ins Dorf; hundertfünfzig bis zum nächsten Haus. Dass bewohntes Gebiet in der Nähe war, erkannte sie nachts nur an der Lichtkuppel, die über den Kamm der Seitenmoräne strahlte. Sonst erinnerte nichts daran, dass sie sich im Grunde mitten in der Zivilisation befand. Was andere für unbedingt wünschenswert hielten, nämlich keinen Verkehrslärm hören zu müssen, sah Maren in aufkeimender Panik als bedrohliche Lage.

Oder was war hier eigentlich los mit ihr? Wurde sie letztendlich zu einer hysterischen überkandidelten alten Ziege, die mit ihren ganzen Umständen und dem peinlichen Gehabe nicht mehr in die Welt passte? War ihre Begegnung mit dem unheimlichen Mann von heute Morgen vielleicht sogar eine paranoide Einbildung? *Maren, bist du auf dem besten Wege, verrückt zu werden?*, fragte sie sich.

Schmerzlich wurde ihr bewusst, dass es in ihrem doch respektablen Bekanntenkreis niemanden gab, dem sie sich anvertrauen konnte. Keine beste Freundin, keinen besten Freund. Es existierte ein Ex-Ehemann, aber die Betonung lag aus arschlöchrigen

Gründen auf Ex. Es gab einen Psychologen, der sie bis zuletzt therapiert hatte, doch für den brauchte es einen Termin in der entfernten Stadt, und ein Auto besaß sie nicht, und zudem notwendigte sie einen lebendigen Menschen **jetzt**, **jetzt** und am liebsten **jetzt**.

Einen, egal ob Frau oder Mann, der einfach nur da war. Der sie vielleicht in den Arm nahm und mit ihr redete. Jemand der ihr erklärte, dass das Gesicht, das abends andauernd zum Fenster hereingaffte, bloß ihr eigenes Spiegelbild war. Und wenn sie ehrlich sein wollte, dann am allerbesten jemand, der nicht nur da war, sondern auch blieb.

Die Tränen kamen wie eine Wettervorhersage: Anhaltender Regen im Norden und Süden; anfangs hohe Niederschlagsmengen mit Überschwemmungspotenzial; nur langsam nach Osten abziehend; später vereinzelt regionale Schauer; anschließender Kälteeinbruch.

*

22. März 2022
Jonas.
Jonas war sauer. Keiner seiner fünf ausgehängten Steckbriefe von Minou war mehr aufzufinden. Über Nacht waren sie verschwunden. Nicht etwa achtlos abgerissen und in den Rinnstein getreten, wie man es sonst von manchen Reklameplakaten kannte, sondern, wie's schien, sorgfältig, inklusive der

Reißnägel, entfernt. Zwei Stunden Arbeit im wahrsten Sinne des Wortes für die Katz. Stinksauer.

Zwischen Rathaus und Kirche fand der Wochenmarkt statt. Jonas' bevorzugter Einkaufsort. Ab Mitte März wurde es spannend, was die frischen saisonalen Produkte betraf. So gestaltete er den Küchenzettel nach Verfügbarkeit der verschiedenen Gemüse. Ganz oben auf der Liste rangierte natürlich Spargel. Auch Spinat. An Obst die Erdbeeren. Die Bauern boten auch über den Winter eingelagertes Gemüse vom vergangenen Jahr an. Karotten verkauften sich eigentlich zu jeder Jahreszeit, ja, und Kohlrabi. Grundsätzlich kaufte Jonas kein importiertes Zeug aus Südamerika, Fernost, oder weiß der Teufel woher.

Bei zwei Kilo Bruchspargel im Rucksack verkrümelte sich sein Groll etwas in den Hinterhof seiner Wut-Zentrale. Jonas schwelgte in Rezepten für Spargelgerichte, und dermaßen geistig bereits beim Kochen, ruderte er, die Musik von Ravels *Bolero* im Ohr, schnippelnd und dirigierend gleichzeitig mit beiden Armen in der Luft herum.

Wer nicht wusste, wer er war, mochte ihn für verrückt halten. Diejenigen, die ihn kannten, lächelten nachsichtig. Einem wie ihm verzieh man die eine oder andere Macke. Künstler halt.

Vor dem Kiosk stand eine Schlange. Jonas, das komplizierte Schlagzeugarrangement des *Bolero* auf den Lippen, trat hinter den letzten der Wartenden. „De, dededede, dededede, dedede, de, de, de, dededede, dedededededededededededede, de, dededede …"

Der letzte in der Reihe drehte den Kopf nach Jonas um.

Erfreut, einen Musikliebhaber zu treffen, bildete Jonas mit Daumen und Zeigefinger einen Kreis und unterlegte das akustische Schlagzeug auch optisch, indem er vor den Augen des Vordermanns den Takt schlug. „De, dedededе, dededede, dedede, de, de, de, … Maurice Ravel. Na, haben Sie´s erkannt?"

Spinnern sollte man nicht auch noch Aufmerksamkeit schenken, dachte der Unglücksrabe und wandte sein Ohr wieder ab.

„Oder wie wär´s mit Beethovens Fünfter? Tatatataaaa!!! – Tatatataaaa!!! – Teteteta, teteteta, titititeeee – teteteta, teteteta, titititeeee – tititite, pompompompom, tititite, pompompompom, titititee, tee, teeee!!! – Taaaaaaaaaa!!! … da, unverkennbar Beethoven, gell?"

So viel Klassik vor dem Mittagessen hielt das beste Schlangenende nicht aus. „Sie haben doch einen an der Waffel", fauchte der Mann über die Schulter und trat aus der Reihe.

„Aber so warten Sie doch!", rief Jonas ihm hinterher. „Ich hab´ noch mehr Stücke auf Lager. Zum Beispiel Mozarts Kleine Nachtmusik. Ti, tati, tatitatititiii – ti, tati, tatitatatataaa … Wird immer wieder gerne gehört."

Im Weggehen zeigte ihm der Mann den Vogelgruß.

„Kunstbanause", murmelte Jonas und machte einen Schritt vorwärts.

Bevor er jedoch eine nächste Aufführung an den Mann bringen konnte, sagte der Vordermann vorbeugend zum Kioskbesitzer: „Manni, gib´ dem Mann hinter mir, was immer er will, sonst gibt´s hier noch ein Unglück."

„Oh, das ist aber nett von Ihnen", freute sich Jonas und verbeugte sich galant. Und zum Kioskbesitzer: „Eins und eins."

Jonas wartete, bis er Zeitung und Kippen verstaut und das Wechselgeld umständlich aber genau in die Börse gezählt hatte. Er hatte schon mal zu wenig rausbekommen.

„Hören Sie, Herr Mühlstein", begann er dann und lehnte sich weit über die Süßigkeitenauslage halbwegs in den Kiosk hinein, „Sie sind doch morgens recht früh hier zugange. Ist Ihnen heute Morgen zufällig aufgefallen, dass jemand meinen Steckbrief von der Litfaßsäule entfernt hat? Ich meine das Bild von meiner Katze? Zufällig vielleicht?"

Der Kioskbesitzer suchte eine Beschäftigung für die Hände und brachte die Schokoriegel in Sicherheit, die beinahe unter Jonas´ Wams verschwanden. „Äääh - davon weiß ich nichts", antwortete er stoisch wie eine Tischtennisplatte, während seine Blicke zum nächsten Kunden wanderten. Signal an Jonas: *Schleich dich, Alter.*

„Mhm", nahm Jonas es zur Kenntnis. „aber wenn Sie was hören oder sehen – mich verständigen. Ich schau´ jeden Tag vorbei, gell."

Im Weggehen, er fuchtelte an der Zigarettenpackung herum und blieb stehen, weil es nicht klappte wie er wollte, erhaschte er in im linken Augenwinkel einen grünen Fleck mit aufgesetztem roten Punkt. Davon in Bann gezogen, wurden die Kippen zur Nebensache. Der grüne Fleck entpuppte sich als Trenchcoat in Tannengrün, das Rot als weiblicher Haarschopf.

Jedwedes klassische Musikstück, das in Vorbereitung auf eine intonierte Aufführung hinter Jonas Lippen anstand, musste bis auf Weiteres in den mentalen Phonoschrank seines Gehirns zurückweichen. Als nächstes wäre *Die Moldau* von *Smetana* dran gewesen. Jonas liebte diese Komposition. Sie hatte so etwas Flüssiges.

Die Frau wartete am Stand eines Bio-Bauern, bis sie an der Reihe war. Der gefüllten Tasche nach war sie mit dem Einkaufen bereits an anderen Ständen fündig geworden. Was also wollte sie vom Bio-Fritze?

Hurtig umrundete Jonas den Stand und blieb an dessen Rückseite stehen, nur durch eine Plane von der Verkaufsseite getrennt. Er war gerade zum passenden Augenblick angekommen, denn er hörte, neben anderem Verkaufshandel anderer Leute, das Gespräch zwischen Bauer und Kundin vorzüglich.

„Guten Tag, ich heiße Maren. Entschuldigen Sie, dass ich Sie hier auf dem Markt anspreche, aber eine

Frau von der Leihbücherei hat Sie mir empfohlen. Es ist nämlich so: Ich habe gestern zufällig hinter meinem Haus eine Katze gesehen. Ein graues Ding, getigert, mit langem Fell, ziemlich abgemagert. Nun, als ich sie locken wollte, ist sie abgehauen. Aber es hat mich auf die Idee gebracht, dass ich mir selber eine Katze zulegen möchte. Und da seien Sie der richtige Mann, hat mir die Frau von der Leihbücherei erzählt."

Mehr brauchte Jonas nicht zu hören. Die Frau, leider konnte er wegen der Plane gerade nicht ihr Gesicht sehen, hatte exakt seinen Minou beschrieben. Jetzt fand er es an der Zeit, eine Zigarette anzuzünden.

Mit dem Glimmstängel wartete er ab, bis der Kuhhandel, oder besser gesagt, der Katzenhandel auf der anderen Seite abgeschlossen war. Die Frau und der Bauer hatten sich geeinigt, dass er auf Dienstag nächster Woche drei Kätzchen zur Auswahl mit auf den Markt bringen würde. Man sagte einander adieu, und Jonas lauschte nach den sich entfernenden Schritten der Frau. Als er sicher war, dass er ihr aus Versehen oder zufällig nicht mehr vor die Füße latschen würde, trat er hinter dem Verkaufsstand hervor und folgte ihr. Mit ihren roten Haaren konnte er sie im Prinzip gar nicht aus dem Auge verlieren.

Zu seiner Verwunderung strebte sie aus dem Dorf hinaus. *Zum Donner, wo wohnt die denn?*, fragte er sich.

Während sie gut hundert Meter wie eine Primaballerina vor ihm her schritt, auf dem Hochseil natürlich, erinnerte er sich an seine Zeit als Teenager. Er hatte schon immer viel gelesen und las damals praktisch alles, was ihm in die Hände fiel. Auch Romanhefte, die verbreitetste Billigliteratur schlechthin für verregnete Ferientage. *Jerry Cotton*, zum Beispiel; oder *Billy Jenkins*. Und *Lassiter*-Western-Romane.

Lassiter wurde als der härteste Mann und Revolverheld seinerzeit beschrieben. Die schönen Frauen, die das Glück hatten, von *Lassiter* geliebt zu werden, erfreulicherweise in jedem Heft eine andere, waren in der Regel rothaarig und grünäugig, und meistens trugen sie knöchellange grüne Kleider.

Es musste etwas dran sein an der Rot/Grün-Kombination, denn auch Jonas fühlte sich von ihr magisch angezogen. Für eine unachtsame Sekunde drängten sich ihm Grafiken der Komplementärfarbkreise auf die Netzhaut – als er sie plötzlich nicht mehr vor sich sah. Sie war weg. Die Frau.

Wo war sie hin? Jonas drehte sich im Kreis. Rechter Hand der See, geradeaus der Fußweg, links die ansteigende Böschung der Seitenmoräne, über allem der Himmel.

Doch dort, dort … entdeckte er sie soeben noch den Kamm des Hügels überqueren. Der rote Haarschopf ging dahinter unter wie die Abendsonne im Mittelmeer bei Capri. Oder war's Ibiza?

Was soll das?, fragte sich Jonas. *Für Pilze ist es viel zu früh.*

Er schaute sich um wie einer, der vorhatte, eine Zigarette an der städtischen Gaslaterne anzuzünden. Jonas kicherte belustigt in sich hinein. Er hatte solch einen Typ in der Tat schon einmal gesehen. In Baden-Baden war das gewesen, als er dort in einer Galerie die *Baumann'schen Tiefen* hatte ausstellen dürfen. Toller Erfolg damals für einen Bayer im Badischen Land.

Er schüttelte sich und streifte die Wehmut ab wie eine Regenpelerine. Er erblickte niemand näherkommen, weder aus Richtung Dorf noch aus der entgegengesetzten Richtung. Schnell war er auf der ansteigenden Halde. Alsbald stellte er fest, dass ein regelrechter Fußweg mit absichtlich angelegten Trittsteinen zur Höhe hinaufführte. So, als würde die Moräne des Öfteren begangen werden.

Schnaufend kam er oben an und tastete sich Meter für Meter und Sicht für Sicht über den Kamm. Unter seinem gespannten Auge erhob sich auf der anderen Seite aus dem ehemaligen Gletschergeschiebe ein ulkiges kleines Haus. Erst ein bemoostes Ziegeldach, dann eine Etage aus erst kürzlich gebeiztem braunen Holz, darunter der erste Stock aus roten Ziegelsteinen. Als vor der Tür des Häuschens auch noch eine Frau mit roten Haaren im tannengrünen Trenchcoat stand und ihm zurief: „Kommen Sie herunter, Sie!", setzte es seinem Staunen die Krone auf.

*

Maren.

Das Gefühl, verfolgt zu werden, hatte sie seit Verlassen des Bauernmarktes. Maren spürte seine Blicke wie Berührungen. *Wenn Blicke schubsen könnten, würde ich auf der Nase landen. Ich werde Druckstellen davontragen, wenn er weiterhin so stiert. Blutergüsse im Rücken*, dachte sie. Aber sie ließ sich nichts anmerken. Ging weiter, wie es ihre Art war zu gehen. Aus dem Dorf hinaus, hundertfünfzig Meter am See entlang.

Das hatte sie in der Stadt nicht gehabt. Einen Bauernmarkt. Einkaufen direkt beim Erzeuger. Das entsprach schon recht genau ihrer Philosophie. Augenkontakt mit dem Bauern, der Bäuerin, die Ware in der Hand, eine Waage, ein Preis, ein Lächeln, ein freundliches Wort – man würde wiederkommen. Dafür nahm man gern die Mühe auf sich, über einen Gletscherschutthaufen zu klettern. Dabei war hier auf dem Land alles so selbstverständlich. In der Stadt wäre es der pure Luxus.

Obwohl Marens Mundwinkel nach oben zeigten, war sie angespannt. Sie wusste, wer ihr auf den Fersen war. Denn während sie mit dem Bauern über die Kätzchen verhandelte, hatte die Sonne den Schatten einer Person auf die Rückwandplane des Standes projiziert. Genauer gesagt: Die Silhouette eines Mannes mit Hut.

Im Erkennen solcher Figuren war sie sehr bewandert. Mit den Schulkindern hatte sie oft solche Ratespiele veranstaltet: Ein Bettlaken über eine waagerechte Stange gehängt, einen Scheinwerfer dahinter eingeschaltet, und die Kinder stellten dann mit ihren Schatten Personen oder Tiere nach, welche die anderen vor dem Bettlaken erraten mussten. Das Gelächter war immer groß gewesen.

Nur jetzt war Maren nicht zum Lachen zumute. Jemanden erkennen hieß noch lange nicht, jemanden zu kennen. Jedenfalls kannte sie diesen Mann, der da hinter ihr herlief, definitiv nicht. *Zufall kann es nicht sein*, dachte sie, *und bevor es zu einer unheimlichen Begegnung der fünften Art wird, werde ich handeln.*

Die Tritte und Steinplatten über die Moräne zu ihrem Haus – auf der Seeseite hinauf, auf der Rückseite hinunter – waren ihr mittlerweile in Fleisch und Blut übergegangen. Sie würde sich nachts oder mit verbundenen Augen darüber wagen. Es existierte zwar eine kleine Straße vom Dorf zu ihrem Haus, aber die schlug eine ausladende Kurve und stellte einen indiskutablen Umweg dar. Trotz der schweren Gemüsetasche in einer Hand erklomm sie den Hügel flott wie eine Gämse. Und flugs war sie auf der anderen Seite unten bei ihrem Haus. Geschwind die Tasche ins Haus getragen, kehrte sie sogleich vor die Haustür zurück. Kaum in Position, wuchs auch schon die Gestalt des Mannes über dem Kamm. Hut, Kopf, Brust, Bauch und Beine. Er blieb stehen. Sah sie. Musterte sie.

„Kommen Sie herunter, Sie!", rief Maren ihm zu und öffnete einladend die Tür ihres Häuschens.
Der Mann schien abzuwägen, was er tun sollte. Sie war für ihn eine Fremde, genauso wie er für sie einen Fremden darstellte.

„Kommen Sie!", rief sie abermals und lockte ihn: „Es gibt Kaffee!"

Der Trick zeigte Wirkung, denn er begann, in kleinen vorsichtigen Schritten den Abstieg in Angriff zu nehmen.

Maren ließ ihn nicht aus den Augen. Mit geübtem Blick erfasste sie zuerst die äußere Erscheinung. Hut und Anzug von guter dunkelbrauner Nadelstreifenqualität. Die Schuhe solide. Als sie jedoch den menschlichen Aspekt in Gesicht und Augen aufnehmen wollte, erschrak sie. Ihr burschikoses Auftreten geriet in bedenkliche Schieflage. Ungewollt hielt sie den Atem an.

Es war nicht mal so sehr die Augenklappe über dem rechten Auge, die sie irritierte, sondern die gespaltene Seele, die dem zerklüfteten Rest des Gesichtes einen unvergesslichen Ausdruck verlieh. Da lagen eine ungeheure Sanftmut und eine verdrängte Traurigkeit wie auf einer altersgrauen Landkarte teils mit schroffen Grenzen, teils übergangslos ineinanderfließend und vermischt über- und nebeneinander. Chaotische Verhältnisse. Unter der linken Schläfe pochte ein hartnäckiges Äderchen aus verbissener Lebensenergie. Wangen und Kinn waren nachlässig rasiert. Die Lippen waren vielleicht voll und geschwungen, doch augenblicklich waren sie zusammengepresst. Unter dem breitkrempigen Hut lugten ungezähmte graue Locken hervor.

Auf einmal stand er schneller vor ihr als gedacht, und näher als ihr lieb war, und da öffnete sich der herbe Mund. „Hallo, guten Tag", sagte er verlegen, „ich heiße Jonas."

Mein Gott, welch ein verletzter Mensch, dachte Maren und schluckte einen Kloß im Hals hinunter. „Guten Tag", gelang ihr eine freundliche Miene und warme Stimme. „Schön, dass wir uns kennenlernen. Ich heiße Maren."

Er schaute an ihr vorbei, um nicht Hals über Kopf in ihre grünen Augen zu stürzen, und betrachtete Interesse heischend das Haus. Dass sämtliche seiner Sinne jedoch damit beschäftigt waren, ihr betörendes Parfum zu analysieren, unterschlug er. „Ich habe nicht gewusst, dass hinter diesem Hügel ein Haus steht. Dabei wohne ich schon lange hier. Ist es Ihres?"

Maren drehte sich um folgte seinen Blicken. „Ja, es ist meins. Nicht gerade groß, aber für mich reicht´s."

„Mhm, das ist ja wohl das Wichtigste", antwortete er. „Ich meine, dass man selber damit zufrieden ist. Ich muss zugeben, es entbehrt nicht eines gewissen Reizes. Oder vielleicht ist Charme das passendere Wort."

Maren nickte. „Das hat es. Ich glaube, das war für mich auch das ausschlaggebende Kriterium, es zu nehmen. Und der Preis natürlich." Dass es auch Stunden und Tage gab, in denen sie sich in diesem *reizvollen* Haus ziemlich einsam und ungeschützt fühlte, verschwieg sie. „Gehen wir hinein, Jonas.

Trinken wir einen Kaffee. Kuchen habe ich leider nicht. Aber Kekse."

„Ja, gerne", antwortete er mit bebenden Nasenflügeln.

Während sie in der winzigen Küche den Kaffee zubereitete, saß Jonas aufrecht und steif am Tisch wie auf einer harten Kirchenbank. Es war überraschend warm in ihrem Wohnzimmer, und er fragte sich, ob es tatsächlich an der Raumtemperatur, am zu engen Hemdkragen oder auch an seiner Nervosität lag. „Darf ich meine Jacke ausziehen?", rief er in die Küche hinein.

Er war zwar weit entfernt ein Spieler zu sein, doch wettete er fünf Euro aus seiner Geldbörse in die linke Hosentasche, dass er die Antwort bereits im Voraus wusste: *Fühlen Sie sich ganz wie zu Hause.*

„Wie Sie wollen", sagte sie. „Kaffee kommt gleich."

Jonas brummte etwas Unverständliches von *gewinnen* und *verlieren*, entledigte sich der Jacke und gleich auch noch des Hutes und verschob im Geiste den Geldschein von der einen in die andere Tasche.

Es war ihm klar, dass er heute Stellung beziehen musste. Wenn nicht sie darauf zu sprechen kam, dann würde er von sich aus sein Verhalten erklären. Schon die Vorstellung sorgte bei ihm für einen erhöhten Puls. Obwohl es innert fünf Minuten nicht wirklich wärmer geworden sein konnte, schnürte ihm der Hemdkragen schier den Hals ab. Aber ein weiteres Kleidungsstück auszuziehen würde vielleicht ein falsches Signal senden. Stattdessen versuchte er mit dem Zeigefinger zwischen Haut und Stoff sich etwas Luft zu verschaffen.

Maren balancierte ein Tablett mit Kaffeekanne, Tassen, Milch, Zucker und Keksen herein und stellte alles auf den Tisch. Ein Moment von zwei oder drei Sekunden, in denen sie voll und ganz auf die Tätigkeit konzentriert war. Ein Moment, in dem Jonas in ihrem fokussierten Gesicht die volle Bandbreite ihrer Anmut und Grazie entdeckte, aber auch eine verletzte Schönheit. Sofort entstand in ihm der Wunsch, diesen Ausdruck malen zu wollen – so er denn malen könnte.

Das Gefühl von Schmerz und Ohnmacht ließ ihn seufzen. Maren hörte es.

„Alles gut, Jonas?"

„Es ist … ja, alles gut, danke", leugnete er. „Danke für die Einladung."

Ihre Augen blitzten grün auf. „Sie sind mein erster Besuch", gestand sie. „Ich glaube, ich werde den Tag im Kalender ankreuzen."

Er wartete ab, bis beide Kaffeetassen gefüllt waren und Maren sich ebenfalls gesetzt hatte. Dann nahm er einen Schluck Kaffee und räusperte sich: „Wegen neulich … ich meine wegen letzter Woche und gestern … ich … ich schäme mich. Ich … äääh … wollte Sie nicht erschrecken." *So, jetzt ist es raus*, dachte er und musterte sie über den Tassenrand.

Maren glaubte ihm auf Anhieb. Der Mann war in etwa so weit von einer Vergewaltigung entfernt wie die Raumsonde *Voyager 1* von der Erde, nämlich über dreiundzwanzig Milliarden Kilometer. Aus diesem Grund hielt sie es nicht für notwendig, ihm dennoch ihre Beklemmung über sein Verhalten auf die Nase *zu binden. Sie löste die heikle Stelle in souveräner Manier, indem sie ein Ups produzierte:* „Ups, und ich hab´ schon umgekehrt gedacht, dass ich **Sie** erschreckt hätte. Was renne ich auch mit einer Sonnenbrille durch den schattigen Wald, nicht wahr?" Maren meinte, eine ganze Geröllhalde unter seinen Stuhl poltern zu hören und lächelte ihn dermaßen breit an, dass unter seinem Stoppelbart rote Flecken auftauchten.

Donnerwetter, dachte er, *wenn ich heute ihr Gesicht nicht auf eine Leinwand banne, möcht´ ich nicht Jonas Baumann heißen.* Er probierte, ihrem Lächeln ein Echo zu geben und bemerkte, wie sie seine Bemühungen voller Spannung verfolgte. Und als es ihm tatsächlich gelang, lehnte sie sich zufrieden im Stuhl zurück.

„Sie sind nett", sagte er dann. „Ich weiß schon, dass ich zum Fürchten aussehe. Deshalb …"

„Sehen Sie nicht", erwiderte sie sanft.

„Wie gesagt: Sie sind nett. Deshalb spaziere ich nur werktags um den See, und am liebsten auf der minderen Seite. Also dort, wo wir uns begegnet sind. Wochenends sind so viele fremde Leute da, und deren mitleidige Gesichter und das Getuschel möchte ich nicht sehen und hören. Sie, Maren, waren mir halt auch fremd, verstehen Sie?"

„Und doch sind Sie mir heute vom Markt aus gefolgt?" Kaum ausgesprochen, bereute Maren die Frage. *Mist,* schalt sie sich, *warum reißt du in einer Sekunde ein, wofür du eine Viertelstunde gebraucht hast, es aufzubauen?*

Betroffen stellte sie fest, wie der Blickstrahl aus seinem sehenden Auge auf der Hälfte des Weges von ihm zu ihr wie eine hölzerne Lanze brach und zufällig dort landete, wo eine Prothese ihre fehlende Brust ersetzte. Marens Gesicht versteinerte. Sie erhob sich abrupt. „Wenn Sie mich kurz entschuldigen wollen?"

Mit bleichem Gesicht und blutleeren Lippen stieß sie sich vom Tisch ab und stob die Treppe in den ersten Stock empor, wo sie sich in dem kleinen Badezimmer einschloss.

Sie hatte keine Ahnung, wie lange sie dort hinter der Tür auf dem Boden gesessen hatte. Knie an den Leib gezogen und die schweißkalte Stirn darauf gestützt. Wahrscheinlich hatte sie sogar geschlafen, doch sicher war sie nicht. Es war noch taghell, als sie sich aufrappelte und zurück nach unten ging. Doch das Wohnzimmer war leer.

Auf dem Tisch fand sie einen Zettel. Sie las. *Danke für alles, Maren. Bleiben Sie gesund. Ich würde mich freuen, wenn Sie mich einmal im Bahnhof besuchen würden. Jonas.* Darunter stand in Klammern: *siehe Rückseite.* Maren drehte den Zettel um. Ein Gedicht in Versform erwartete sie. Ein Zwölfzeiler.

Ergraut schon war mein alt Gefieder,
so nah schien mir der kalte Tod.
Mein mattes Auge leuchtet wieder
durch deine Federn, flammend rot.

Die Furcht, die meinen Weg begleitet –
Die Scham, zu sein, wie ich wohl bin –
erlebt durch dich, heut' neu gezeitet,
Veränderung zum Guten hin.

Nun geh' nach Haus ich durch die Gassen.
Vergessen ist das Ungeschick.
Du hast ein Licht mir hinterlassen.
In meinem Herz keimt stilles Glück.

Jonas

*

Jonas.
Es war das Gesicht der Frau vor Augen, das ihn wie
ein geblähtes Segel bei stürmischem Wind über ein
Meer trieb. Besser gesagt, durchs Dorf. Jonas
keuchte wie ein trunkener Seemann, als er nach
Hause kam. Der Rucksack mit Spargel landete
unsanft auf der Anrichte, Hut und Jacke flogen in
hohem Bogen aufs Sofa. Er torkelte geradezu mit
gehetzten Gesichtszügen ins Atelier, denn er hatte es
überaus pressant. Er musste Marens Bild so schnell
wie möglich mit markanten Linien skizzieren, bevor
zu viel Zeit die Erinnerung vernebelte. Es genügten

ein paar wenige, aber meisterliche Striche, um ihr Aussehen und die sie umgebende Aura unverwechselbar festzuhalten. Es hätte eines Geniestreiches bedurft, um schon nach wenigen Sekunden ihr Abbild wie ein Relief aus dem Papier in den Raum hineinwachsen zu sehen. Allein, er blieb aus. Die Zeichnung blieb was sie war: Eine platte Wiedergabe dessen, was er mit dem einen Auge gesehen hatte. So flach wie das Blatt Papier.

Resigniert beendete Jonas die Bemühungen. Das Ergebnis war nicht schlecht. Zeichnen konnte er wirklich gut, und bestimmt würde jedermann, so darum gebeten, darin Maren erkennen. Vorausgesetzt er oder sie kannte Maren, natürlich. Doch um dem Gesicht Leben einzuhauchen, ihm einen Körper zu geben, fehlte es an Tiefe. An seiner, der *Baumann´schen Tiefe*.

Diese Frau. Maren.

Müde, und aus heiterem Himmel antriebslos, vernahm er erneut ihre Worte: *Und doch sind Sie mir heute vom Markt aus gefolgt?*

Zuerst hatte er sich entlarvt gefühlt. Gewissermaßen einer Straftat überführt. Denn sie hatte ja recht. Er war ihr gefolgt. Aber nicht um sie zu bedrängen oder zu belästigen. Sondern …

Ja, sondern?

Das Erdbeben, das dieses *sondern* in den Katakomben seiner geheimnisumwitterten Seelendepots auslöste, hätte in Neu Seeland gemessen werden können, wenn es ein echtes gewesen wäre. So aber verschüttete es die verursachende Aufklärung auf unbestimmte Dauer und Zeit. Wie in südlich pazifischen Gefilden üblich, folgte ein Tsunami auf ein derartiges Naturereignis. Für den sorgte Jonas mittels einer Flasche Merlot, die er über das Katastrophengebiet kippte, allerdings selber.

Plötzlich wurde er sich eines dicken Fauxpas bewusst. Die Peinlichkeit klackerte in einer einzigen Schockwelle von oben bis unten durch ihn hindurch, wie eine Reihe purzelnder Dominosteine. Einmal angestoßen, hielt keine Macht der Welt sie mehr auf. Jonas schnappschluckte nach Luft; eine Eigenart, wie er sie zuletzt als Kind gezeigt hatte. Im Magen entstand, zusammen mit dem Wein, ein unangenehmer Überdruck. Der nun geschäumte Merlot krabbelte gefährlich die Speiseröhre hinauf, kitzelte den Gaumen ein zweites Mal und gaste aus. Jonas presste eine Hand auf den Mund.

Das Gedicht.

Verdammt, das Gedicht.

Ich hab' Maren geduzt.

Ohne Anstand und ohne Distanz zu wahren.

Bin ich denn von allen guten Geistern verlassen?

Nur einmal, Jonas dachte mit Grausen daran, hatte er sich mehr gewünscht, auf der Stelle im Boden zu versinken, als jetzt. Es war in der Kunstakademie München gewesen. Liebreuther, der Professor für bildende Kunst, hatte ihn im Hörsaal, nach Begutachten einer Prüfungsarbeit, vor versammelter

Studentenschaft blamiert. „Niemand, Maler Baumann, wird sich jemals eines Ihrer verkorksten Löcher an die Wand hängen. Merken Sie sich das!"

Das Gejohle unter den Kommilitonen war entsprechend groß ausgefallen, ganz abgesehen von den Hänseleien, die ihm von dort an wie ein treues Hündchen gefolgt waren.

Dann hatte sich das Hündchen jedoch für einen anderen Weg entschieden.

Denn unersetzlicher und viel mehr wert als jede positive Bewertung seiner Arbeit war, dass Jonas aufgefallen war. Dass man mit einem Schlag über ihn redete. Während gleichaltrige Kommilitonen in der Masse angehender Durchschnittskünstler versanken, hatte Jonas dank höchster Weihen einen Namen, der zum Begriff wurde. *Wen meinst du? Jonas Baumann? Ah, ja. Das ist der mit den Löchern, nicht wahr?*

Dass aus seinem *Loch* einmal die berühmte Baumann´sche Tiefe werden würde, hatte damals noch niemand ahnen können, und Professor Liebreuther hatte den Erfolg seines Schülers zu dessen leiser Genugtuung nicht mehr erlebt. Als Reminiszenz an ihn hatte Jonas fortan seine Bilder mit *Jonas Verkork Baumann* signiert. *Verkork* klang ein wenig nach flämischer Malkunst, und ein bisschen Exzentrik stand einem Maler wie ihm sowieso zugute.

Und nun das. **Du hast ein Licht mir hinterlassen.**

Mit diesem süßen Satz braucht es wahrlich keinen Zucker im Kaffee, dachte er, warf sich aufs Sofa und vergrub das Gesicht in der Armbeuge. Irgendwann, nach geraumer Zeit des stillen Leidens, meldete sich sein Trotz. *Es ist ein Gedicht*, stichelte er, *ein Gedicht und nichts weiter. Darin wird niemand geschlagen, niemandem wird Gewalt angetan. Es ist Lyrik. Lyrik ist Romantik, da ist solche Sprache erlaubt, und wer sie nicht versteht, hat keine Ahnung davon. Basta!*

Und dann dachte er wieder an ihr Parfum, ihre grünen Augen und an das rote Haar und daran, dass er komplett vergessen hatte, sie nach Kater Minou zu fragen.

*

Maren.

Maren sank, das Blatt mit den Versen in der Hand, auf einen Stuhl. Sie las das Gedicht zum zweiten und zum dritten Mal, und wenn es an der Zeit sein würde, abends zu Bett zu gehen, würde sie es um die zwanzigmal gelesen haben.

Irgendwie gefiel es ihr, und – irgendwie auch wieder nicht.

Stilistisch fand sie es ganz in Ordnung. Da gab es nichts zu meckern. Das Versmaß stimmte, was bei den meisten privaten Reimedilettanten selten der Fall war.

Es war die Rolle, die ihr darin zugewiesen und aus der sie nicht schlau wurde, denn dass es auf sie gemünzt war – daran gab es keinen Zweifel. Das Gedicht, so wie es vor ihr lag, stammte nicht aus einem seit lange bestehenden und ständig verfügbaren Reservoir, auf das er bei passender Gelegenheit nur zuzugreifen brauchte. Diese Reime waren ad hoc verfasst worden; hier in diesem Haus, an diesem Tisch, noch keine halbe Stunde her.

Und sie, Maren, hatte den Anstoß dazu gegeben.

Was war es, das sie getan hatte? Oder was, das sie unterlassen hatte? Was hatte er von ihr erwartet? Wer war Jonas?

Dreimal sprach er sie konkret an. Erstens: Mit den flammend roten Federn waren sonnenklar ihre Haare beschrieben. Zweitens: Die Veränderung, die er durch ihr aktives oder passives Verhalten an sich selbst feststellte, was immer es auch sein mochte. Drittens: Mit dem hinterlassenen Licht konnte er nur eine geweckte Hoffnung meinen.

Aber was hab´ ich denn gemacht? Ich war doch nur freundlich. Gastfreundlich. Mehr nicht, dachte Maren. *Hätte ich ihm die Leviten lesen sollen?*

Maren wäre keine gute Lehrerin gewesen, wenn sie nicht auch die Kehrseite beleuchten würde. Nämlich wie er sich selbst darstellte: Da nannte er: alt, grau, dem Sterben nah, ein versehrtes Auge, Furcht, Scham und Ungeschick. Allesamt keine Worte, mit denen man Werbung für sich betreiben konnte.

Handelte es sich bei dem Gedicht eventuell einfach um ein Dankschreiben? Dass sie ihn bemerkt hatte? Bemerkt und nicht als Ungeheuer oder als

Monster gebrandmarkt, sondern als Mensch behandelt? *Mhm.*

Maren kehrte zu sich selbst zurück. Wer war sie? Wie würde sie sich vermarkten, wenn ihr danach wäre?

Um eine Antwort zu erhalten, positionierten sich Frauen normalerweise vor einen Spiegel, und das einzige Exemplar eines solchen Orakels, oder war es ein Lügendetektor?, in Körpergröße befand sich im Schlafzimmer am Kleiderschrank. Mutig stieg sie die Treppe in den ersten Stock empor und pflanzte sich vor dem Möbel auf. *So! Jetzt! Du bist dran, Maren. Spieglein, Spieglein ...*

Maren Faist, sechsundfünfzig Jahre; ein Meter sechsundsechzig groß; schlanke Figur mit kleinem Bauchansatz; rote Haare; Sommersprossen; ovales Gesicht mit geschwungenen Lippen.

Beruf: Lehrerin für Realschulen; seit einer Krebsdiagnose vor zehn Monaten in Frühpension;

Sozialer Status: geschieden, keine Kinder; freiwillig alleinstehend.

Besitz: kleines Haus in Trauchsel am Trauchseler See.

Dann geschah etwas Seltsames. Nämlich dass Maren an **Nichts** dachte. Dass sie nichts dachte, indem sie in die Zukunft schaute. Und dort sah sie sich nicht. Nicht in **ihrer eigenen** Zukunft. Nicht als alleinstehende Frau in diesem kleinen Haus. Wobei es, wie jedermann weiß, unheimlich schwierig ist, an nichts zu denken; wenn nicht sogar unmöglich. Doch bei Maren verhielt es sich so.

Höchst verunsichert, ob sie denn noch am Leben war, trat sie vom Spiegel zurück und begab sich ein Stockwerk tiefer in die Küche. Sie ließ ein Glas Wasser aus der Leitung ein und trank es in einem Zug leer. Der anschließende Kontrollblick über den Fußboden bestätigte, dass er trocken war. Dass sie das Wasser nicht glatt durch sich hindurch direkt auf den Boden gegossen hatte, sondern dass sie noch einen physischen Körper besaß.

Sie schüttelte über diesen Unsinn und über sich selbst den Kopf und war erleichtert, dass niemand sie bei diesem *Trick?* oder *Tick?* beobachtet hatte. Zumindest kein menschliches Wesen.

Denn einen Zuschauer hatte es dann doch gegeben.

Die Katze saß, als gehörte sie zum Haus, auf einmal vor der Küchentür und guckte Maren durch die Glasscheibe bei ihrem Tun zu. Sobald Maren sie bemerkte und die Augen-Augen-Verbindung hergestellt war, schaltete das Tier auf Achtung und nahm eine gespannte Haltung an.

Maren schlich behutsam zur Tür und öffnete sie vorsichtig. Die Katze stellte sofort einen Sicherheitsabstand her, zwei Meter, doch sie lief nicht weg.

„Miez Miez", flüsterte Maren einladend und streckte sachte die Hand aus. „Miez Miez."

Die Katze kratzte sich mit der Hinterpfote am Hals, dass der hagere Körper bebte. Im langhaarigen Fell hatten sich Kletten verhakt. Es war stumpf und verklebt.

Sie hat Hunger und Durst, dachte Maren. *Was geb' ich ihr?*

Langsam stand sie auf, füllte in der Küche einen Blumentopfuntersetzer mit Wasser und stellte ihn draußen vor die Tür. Dann zog sie sich ein Stück zurück, um dem Tier den erforderlichen Abstand anzubieten. Es dauerte aber ungefähr drei Minuten, bis die Katze, nach allen Seiten sichernd, sich zu dem Wasser traute, daran schnupperte, und dann schlabberte.

Maren hatte außer einem Stück *Lyoner Wurst* und Eiern nichts im Haus, was sie der Katze als Fressen hinstellen könnte. Mit fliegenden Fingern schnitt sie die Wurst in kleine Stücke, häufte sie auf einen kleinen Teller und schob ihn durch den Türspalt hinaus. Volltreffer. Das Zausel, wie Maren die Katze für sich nannte, fiel mit Heißhunger darüber her.

Mit einem Rührei verfuhr Maren auf die gleiche Weise, und auch dieses Angebot leckte Zausel komplett auf. Derart gesättigt, trollte sich der kleine Tiger aber bald wieder und tauchte wie tags zuvor im Buchenhain unter.

Morgen, dachte Maren, *morgen werde ich richtiges Katzenfutter haben, und dann, dann bleibst du vielleicht auch hier.*

*

23. März 2022
Jonas.
Der dritte Tag in Folge Frühling. Mittwoch. Jonas nahm es widerstrebend zur Kenntnis. Das Verhältnis zwischen dem äußeren Umstand und dem inneren Zustand war prekär.

So schlecht wie in dieser Nacht hatte er schon lange nicht mehr geschlafen. Er war sonst nicht der Typ, der nachts schwitzte. Ob er als Kind den Schlafanzug hatte wechseln müssen, wusste er mangels Erinnerung nicht. Als Erwachsener jedenfalls noch nie, und dass es für alles ein erstes Mal gibt, hatte er nun also erfahren müssen.

Er konnte ja nicht behaupten, dass er einen richtigen Schlafanzug besaß, der den Namen als solcher verdiente. Eine ausgemusterte Boxer-Unterhose und ein altes T-Shirt taten es für seine Zwecke. Nicht, dass jemand danach fragen würde, aber wenn er je ins Krankenhaus eingeliefert werden sollte, wollte er es in einem korrekten Anzug tun. So viel Zeit, meinte er, muss sein. Wo kämen wir sonst hin?

Jonas verließ an diesem herrlichen Tag das Haus nicht. Zum Leben hatte er alles, was er brauchte. Brot, Wurst, Gemüse, Wein, Getränke, Zigaretten – alles da. Zum Leben, wie gesagt.

Mental ging er schwer am Stock. Die Kämpfe der Nacht setzten sich am Tag fort. Zu dem gestern ausgelösten *pazifischen Tsunami* hatte sich des Abends, bezeichnenderweise in Verkörperung und

Verflüssigung einer weiteren Flasche Merlot, ein ausgedehnter bayrischer Landregen gesellt, der die Selbstgespräche angenehm feucht gehalten hatte.

Normalerweise wäre er ein Fall für einen Psychologen gewesen. *Nun legen Sie sich erstmal hin, Herr Baumann. Und dann sagen Sie mir, wo Sie der Schuh drückt. Ist es wegen einer Frau?*

Oder für eine kalte Zelle in einem abgelegenen finsteren Kloster, wo er sich, bei heruntergelassener Kutte und nacktem Oberkörper, mit einer Rute aus Birkenholz den Rücken kasteite. Wegen einer Frau.

Er war nie verheiratet gewesen. Was nicht hieß, dass er niemals mit einer Frau zusammen gewesen war. Nein, so war es beileibe nicht. Nur in den letzten Jahren, bei genauerer Betrachtung eher Jahrzehnten, war er einer Frau nicht mehr nahe gekommen. Nicht mehr so, dass er den Wunsch nach einer festen oder dauerhaften Beziehung gespürt hätte. Die Malerei war ihm wichtiger gewesen, und danach das Schreiben und Dichten. Wichtiger als eine windige kurzlebige Liaison. Und nachdem die Sache mit dem Auge passiert war – da schauten ihn auch diejenigen Frauen nicht mehr an, die es vielleicht vorher getan hätten, beziehungsweise starrten sie auf die Augenklappe und stellten sich Grausliches darunter vor. Maden, oder sowas. Ein unappetitlich schmieriges Loch, vielleicht. Sie sagten es ihm nicht.

Irgendwie hatte er den Umgang damit gelernt. Dass Leute, die ihn zum ersten Mal sahen, ihn anglotzten als sei er ein Zyklop, der sie demnächst mit Haut und Haaren auffressen würde. Die Einheimischen glotzten nicht mehr. Auch sie hatten den Umgang mit ihm gelernt. Es waren die Fremden, denen er, selbst heute noch, aus dem Wege ging.

Ja, es war schon ein Lernprozess gewesen, doch mit der Zeit war es ihm leicht und leichter gefallen. Er war der Künstler, als solcher etwas abgehoben und leicht spleenig, und hatte eine Stellung inne wie vergleichsweise – der Papst. Hahaha, ja, warum nicht, er liebte alle Menschen und segnen konnte er gleichfalls alle und alles.

Nur: Eine Frau zum Lieben war nicht in Sicht.

Bis sie kam.

Maren.

Wenn er sie wiedersehen würde, oder besser, wiedersehen und wiederriechen würde, dann würde er doch den Trick mit der Flasche probieren. Er schmunzelte bei dem Gedanken an eine so spinnerte Aktion. Wobei: Genauso wurde es zum Beispiel bei Luftmessungen gemacht. Er meinte, er hätte das mal bei Meteorologen gesehen.

Am Morgen nicht für Klassik aufgelegt, verschrieb er sich heute dem Blues. Er besaß da einige Scheiben, die seinem Hangover gerecht wurden. Zum Beispiel *Mr. Lucky* von *John Lee Hooker*, und ähnliche Kaliber der musikalischen Schnodderabteilung. Heute ging es nicht um die große Kunst, sondern um echte Gefühle. Blues eben.

Er wusste, dass er möglicherweise leiden würde. Wer so wie er die ganze Nacht an der architektonisch schwierigen Konstruktion einer Liebe gebastelt hatte, musste im schlimmsten Fall damit rechnen, dass das Gebäude, idealerweise ein Schloss, der Angebeteten nicht gefiel. Und dann tat es weh.

Zum Donner auch, was hatte er für einen Palast errichtet. Einen, der, ausgehend von seinem Bahnhofsgebäude, nach oben hin immer weiter zunahm und höher und breiter wurde, bis er in den Wolken verschwand. Dort oben würden sie leben. Im Himmel, wie man gemeinhin sagte. Also er, Jonas Baumann, wäre dazu bereit.

Es gab da bloß einen Haken. Wie sollte er ihr die Sache schmackhaft machen?

Nach Inspiration suchend tigerte er durch die Wohnung. Es müsste eine für beide Seiten tragbare Lösung geben. Oder eine gangbare. Eine Lösung, bei der beide ihr Gesicht behielten, sofern etwas nicht zusammenpassen würde. Einen zustimmungsfähigen Kompromiss, wie er in der Politik oft genug propagiert wurde. Freilich ohne deren Murks.

Bei seiner Rundtour kam er zum wiederholten Male an der hoffentlich nur vorübergehend nutzlosen unbenutzten Katzenklappe vorbei. Und die verwaiste Futterstelle beharkte schmerzlich sein Gewissen, sich endlich intensiv um den vermissten Minou zu kümmern.

Über diese verzwickte Herleitung, falls man vom Katzenfutter bis zur menschlichen Nahrung von einen kausalen Zusammenhang sprechen konnte, gelang es Jonas, eine Lösung zu finden, mit der beide mit hoher Wahrscheinlichkeit einverstanden wären. Nämlich eine essbare. Er würde Maren schlicht und einfach zum Essen einladen. Nicht im Dorf, wo es zwei konkurrierende Restaurants gab, nämlich den *Engel* und den *Goldenen Ochsen*, sondern in privater Atmosphäre bei sich zu Hause. Unverbindlich. Und nichts ließ sich trefflicher zubereiten als Spargel.

Jonas war noch nicht ganz auf dem Damm. Er merkte das, als er Briefpapier parat legte und mit Füllfederhalter die Einladung schreiben wollte. Die sonst gestochen scharfe Handschrift war für seine Ansprüche ungenügend. Mit Sicherheit hatte er Restalkohol im Blut. So verbrauchte er bis zu einem zufriedenstellenden Ergebnis mehrere Bögen Papier. Aber wie es für einen Dichter gehörte, kleidete er die Worte in Verse.

Ein Haus, ein Tisch, zwei Stühle,
und ein Menü zu zweit.
Das höchste der Gefühle
ist Frühlingsspargelzeit.

Die Stangen weißen Goldes
die Sinne uns betör´n.
Den zwei Genießern sollt´ es
beim Essen himmlisch wer´n.

Und wenn du denkst: Ich weiß nich´.
Wie kann ich ihm vertrau´n?
Dann sag´ ich: Ich befleiß´ mich,
Vertrauen aufzubau´n.

´s gilt schlichte Garderobe,
die Dame und der Herr.
Komm´ einfach her zur Probe
um viere ungefähr.

Jonas

Um Maren die Auswahl der Tage zu erleichtern, riss er das aktuelle Blatt des Wochenkalenders ab und kreuzte vorschlagsmäßig den Samstag an. Des Weiteren schrieb er seine Telefonnummer dazu, falls sie andere Tage bevorzugen sollte.

Dann rechnete er: Heute war Mittwoch. Der Briefkasten würde morgen geleert werden. Die Zustellung der Post würde am Freitag erfolgen. Jonas nickte zufrieden. Das würde passen.

Freilich wäre es sehr viel einfacher, wenn er den Brief persönlich bei ihr abgäbe. Es würde ihn einen kurzen Spaziergang kosten, sonst nichts. Aber dafür bräuchte es schon den Mut eines *Achilles*, oder, um in der Zeit zu bleiben, eines Elfmeterschützen, der von zehn Versuchen schon zehn Mal das Tor nicht getroffen hatte und nun schon wieder antrat. Nein, so nervenstark war Jonas nicht. Er vertraute lieber der Post voll und ganz.

Dass er Marens Nachname nicht kannte, hinderte ihn keineswegs. Über *Google Map* fand er die Straße heraus, die vom Dorf aus in einem weiten Bogen hinter die Seitenmoräne führte, und Marens Haus war dort die einzige Nummer. So schrieb er lediglich ihren Vornamen auf das Kuvert sowie Murenweg 1 in Trauchsel. Den Absender setzte er auf die Rückseite. Und da ein Briefkasten unmittelbar neben der Tür zum ehemaligen Wartesaal des Bahnhofes hing, brauchte er heute das Haus auch nicht mehr zu verlassen.

Jonas schnalzte mit der Zunge. Jetzt fand er es an der Zeit, die Doppel-LP *Stony Road* von *Chris Rea* aufzulegen. Beim Jaulen einer *Slide-Gitarre* ein Baguette zu schmieren war schon immer etwas Besonderes gewesen.

*

Maren.
Drilililililililililili …
Maren war bei Weitem keine Hellseherin. Sie konnte einigermaßen den Himmel deuten und, den Jahreszeiten entsprechend, den einen oder anderen Wetterumschwung erahnen. Der gesunde Menschenverstand verriet ihr, in welche grobe Richtung sich die Weltpolitik hauptsächlich orientierte. Es gehörte nicht viel dazu, die Zeichen der Zeit zu lesen und zu interpretieren. Die Menschen waren nun mal, wie sie waren.

Als sie am Donnerstagmorgen aufwachte, lag irgendetwas in der Luft, das sie weder mit der Wetterlage noch mit der wirtschaftlichen oder politischen Entwicklung erklären konnte. Es verfügte über einen eigenen Klang, der sich anhörte, als würde jemand auf einer Gitarre die hohe E-Saite im zwölften Bund mit einem Holzstab geigen. Etwa so: Drilililililililililililili. Dann Wechsel in den elften Bund. *Drelelelelele* ….. Und wieder zurück in den zwölften. *Drilililili* …. Permanent. Sehr leise. Ein Tinnitus war es nicht. Es entstand im Innern des Gehirns, für andere Menschen unhörbar. Maren hatte überhaupt kein gutes Gefühl dabei. Sie war seit der Entdeckung ihres Brustkrebses über alles argwöhnisch geworden, das sie nicht schlüssig nachvollziehen konnte.

Nicht, dass es sie in ihren Tätigkeiten behindern würde. Das nicht, aber es war ständig da. *Drililililili-lilelelelilililili*. Dabei besaß sie gar keine Gitarre.

Am Mittwoch war sie mit einer der Frauen von der Dorfbücherei in den nächst größeren Ort zu einer Großgärtnerei gefahren. Wenn sie vorhatte, einen Garten anzulegen, dann musste sie allmählich in die Pantoffeln kommen.

Wobei Maren mit Garten den gesamten Grund um das Haus meinte. Dazu sollte auch eine Terrasse vor dem Wohnzimmer und ein sympathischer Hauszugang gehören. Mit ein paar Säcken Blumenerde würde es also allein nicht getan sein. Sie würde Steinplatten brauchen und Sand oder Kies, und vor allen Dingen Werkzeuge, um den Boden bearbeiten zu können.

Die Frau von der Dorfbücherei, die sie freundlicherweise mitgenommen hatte, besaß zum Glück einen Kombi, sodass sperrige Gegenstände kein Transporthindernis darstellen sollten.

Die Frau an der Kasse hatte Marens Einkäufe gescannt. Einen Spaten, eine Harke, ein Rechen, eine Gartenschere, vier Säcke Blumenerde, Gartenhandschuhe und zehn Natursteinplatten.

„Einhundertfünfunddreißig Euro und fünfundneunzig Cent", sagte die Verkäuferin.

Drili ... dr ... drililili ... Maren reckte den Hals, um den Betrag auf dem Kassendisplay zu sehen, doch sie stand zu ungünstig. „Entschuldigung, ich habe Sie" ... *Drililileleli ...* „nicht verstanden."

Dort im Gang bei der Kasse war es zum ersten Mal aufgetaucht. Wie ein Motor mit Anlasserschwierigkeiten. Und dann noch einmal beim Beladen des Kombis, *Dril ... dril ... drilili ...* und beim Ausladen vor ihrem Haus. *Drili ... dril ... dril ... dreleli ...*

Danach und den ganzen Abend nicht mehr.

Aber dann der Morgen mit zunehmender Virtuosität: *Drili ... lilölüli ... lelelülö ... lölülü ...*

Vor dem körpergroßen Spiegel im Schlafzimmer hielt sich Maren eigentlich recht selten auf. Nicht, um das zu tun, was sie regelmäßig vor dem kleinen Spiegel im Badezimmer tat. Nebenbei: mit ihrem Gesicht war sie recht zufrieden. Dass sie keine achtzehn und keine achtundzwanzig mehr war, konnte und wollte sie nicht verleugnen und nicht abstreiten. Aber mit ihrer Pflege unterstützte sie den Ausdruck und Habitus einer erwachsenen blühenden Schönheit.

Ihr Augenmerk richtete sich jedoch überwiegend auf die ihr verbliebene Brust. Tägliches Tasten, tägliche Kontrolle, halbjährliche Mammographie. Wobei die letzte Untersuchung erst drei Monate zurücklag. Negativ.

Und heute diese eine Stelle an der linken Seite, die sich anders anfühlte als das Gewebe drum herum. Irgendwie … fester. Ein … Knoten?

Daher das *Drilililililili*? Eine Warnung?

Maren sank zitternd auf den Toilettensitzrand. Das erste Grummeln nahm sie noch nicht als solches wahr. Dann aber begann alles um sie herum in zunehmendem Maß zu beben und zu klirren. Die nackte Angst donnerte wie eine Büffelherde auf sie zu. Maren senkte ergeben den Kopf und ließ sich überrennen.

*

26. März 2022
Jonas.
Am Samstag stand Jonas´ Annonce in der Zeitung. Ein Bild mit Text: *Entlaufener Kater gesucht. Grauer Tiger mit langem Fell und schwarz gestromtem Kopf. Hört auf den Namen Minou. Bitte in Kellern und Garagen nachsehen. Belohnung. Name. Telefonnummer.*

Jonas hatte eine weitere Kohlezeichnung von Minou gemacht und auf der Redaktion abgegeben. Jetzt hieß es Geduld bewahren.

Von Maren hatte er nichts mehr gehört. Wie sollte er auch. Manchmal verspätete sich die Post, aus welchen Gründen auch immer. Personalmangel, Strukturwandel, Cyber-Angriff, weiß der Geier.

Wenn sie gestern den Brief bekommen hätte – angenommen – und sie würde die Einladung absagen oder ablehnen – dann würde sie ihm doch bestimmt Bescheid geben, oder? Zumindest er würde so handeln. Ergo ging er davon aus, da er keine Nachricht von ihr erhalten hatte, dass sie heute um vier Uhr kommen würde.

Hatte sie die Post jedoch erst heute gekriegt, was durchaus im Bereich des Möglichen lag, dann musste er einfach neben dem Telefon sitzen und abwarten. Jonas wettete einen Zehn-Euro-Schein aus der Geldbörse in seine linke Hosentasche auf zwei Chancen: Entweder kam Kater Minou und dafür Maren nicht; oder Maren kam um vier Uhr, aber der Kater nicht. Dass **keiner** von beiden kommen könnte, hielt er für ausgeschlossen. Ebenso, dass beide auftauchen würden. So viel Pech, respektive Glück, durfte seines Ermessens ein einzelner Mensch nicht haben. Blieb die Frage, welche Lösung er vorziehen würde: Maren oder Minou?

Jonas entschuldigte sich im Geiste bei dem Kater, aber für den Moment wäre ihm die Frau lieber.

In deren Erwartung begann er die Wohnung und das Atelier aufzuräumen und Staub zu saugen. Es erstaunte ihn, wie langsam die Zeit verging, wenn man auf etwas wartete. Die Schere zwischen gefühlter und tatsächlicher Zeitspanne konnte weiter nicht auseinanderklaffen, und noch gründlicher konnte er nun wahrlich nicht mehr putzen.

Also bereitete er die Küche soweit vor, dass er alles nur noch einmal in die Hände zu nehmen brauchte, wenn Maren denn leibhaftig hier war. Er füllte Wasser, Salz und Essig in den Spargeltopf; schälte zwölf Spargelstangen; gab Butter in die Bratpfanne; Mehl, Ei, Milch, Gewürze und Schneebesen in die Rührschüssel; deckte den Tisch und legte Streichhölzer neben die Kerzen.

Es war wohlgefällig, doch die Hauptperson fehlte. Ein Blick auf die Uhr sagte ihm, dass er noch mindestens zwei Stunden warten musste. Herrjeh, zwei Stunden. Früher hatte er in zwei Stunden manchmal drei Gedichte geschrieben. Als er noch … als er noch … ja. Als er noch jung und dynamisch war. Rebellisch vielleicht sogar.

Er fiel rücklings aufs Sofa und verschränkte die Hände hinter dem Kopf. Sein entrückter Blick ging durch die Wohnung, durch die Wand, hinaus aus dem Dorf, über Land. Wenn Blicke der Gravitation, also der Erdanziehungskraft unterlägen, würde er theoretisch seinen eigenen Hinterkopf betrachten können. Einmal rund um die Welt geschaut. Ja, klar, pardon, mit einem Fernglas halt und bei geöffnetem Fenster. Aber man muss sich das mal vorstellen.

Seine Gedanken schweiften noch weiter ab. Er träumte von fernen Galaxien, die vermutlich den Urknall am eigenen Leibe erfahren hatten, und er fragte sich, was eigentlich vorher da gewesen war. Vor dem Urknall. Da muss doch auch etwas gewesen sein. Woher sollten sonst die festen Massen stammen, aus denen Erde, Mond und Mars etc. bestehen? Sehr viel Materie, die es in die Luft zu sprengen gegolten hatte. Ein paar Stangen Dynamit, sehr geehrter Herr *Alfred Nobel*, hätten da nicht ausgereicht.

Es war nicht von der Hand zu weisen: Jonas liebte die Physik –

und schlief darüber ein.

Als er erwachte, war es nach achtzehn Uhr, und er war allein. Weder Minou noch Maren waren gekommen.

Jonas fiel in hektischen Aktionismus. Er hörte den Anrufbeantworter ab. Kein Anruf in seiner Abwesenheit. Er guckte in den Briefkasten – keine Nachricht von Maren drin. Er schaute unter die Türen. Nirgendwo ein Zettel durchgeschoben.

Jetzt war guter Rat teuer.

Achtzehn Uhr fünfzehn im April? Da war es noch hell. Rasch schlüpfte er in Weste und Jackett, stülpte den Hut auf den Kopf und hastete aus dem Haus.

Während er im Sturmschritt durchs Dorf eilte, der tschechische Langläufer Emil Zátopek hätte seine wahre Freude an ihm gehabt, sah er weder nach links noch nach rechts, grüßte keine Leute, die er kannte oder die ihn kannten und sich wunderten, warum er rannte, als würde ihm der Arsch in Flammen stehen – und andere sowieso nicht.

Er näherte sich dem See, schlug den Weg nach links ein und erklomm die Seitenmoräne in Rekordzeit. Oben angekommen, musste er innehalten. Atemnot und Seitenstechen. Das kleine Haus lag zu seinen Füßen. In vornübergebeugter Haltung, Hände auf die Knie gestützt, verhielt er eine Weile und beobachtete Fenster und Tür, doch Zeichen für jemandes Anwesenheit bemerkte er nicht. Langsam näherte er sich dem Haus.

Beim Umrunden spähte er durch jedes Fenster, durch die Seitentür und die Haustür. Es schien sich niemand im Haus aufzuhalten. Jonas kaute auf der Unterlippe.

Vor der Haustür lag eine Zeitung. Er hob sie hoch. Samstagsausgabe. Zuletzt lupfte er die Klappe des Briefkastens und schielte hinein. Der Kasten war leer.

Mit einer Hand im schweißfeuchten Nacken drehte sich Jonas im Kreis und suchte die Umgebung ab. Wieder wunderte er sich, dass er von dem kleinen Haus nie etwas im Dorf gehört hatte. Eine merkwürdige Sache, fand er. Schließlich fischte er aus der Innentasche des Jacketts Papier und Kugelschreiber. Rasch krakelte er eine Nachricht auf einen Zettel, dass er hier gewesen war, und schob ihn unter der Haustür durch.

Mit Schultern schwer wie massiver Granit trat er den Heimweg an. Und weil er erst einmal hier gewesen war, nahm er diesmal die Fahrstraße und einen Umweg unter die müden Beine.

Kaum dass er die Haustür aufgesperrt hatte, hörte er das Telefon klingeln. Augenblicklich fühlte er sich wie ein Tombolagewinner, dessen gezogene Nummer zum Abholen des Hauptpreises aufgerufen wurde. Positiv ungläubig und mit warmem Schauer auf der Haut schwebte er zum Apparat. Eine unbekannte Nummer? Das konnte doch wohl nur …
Er nahm den Hörer ab.

„Ja", gluckste er mit beseelter Stimme, „Bist du´s, Maren? …"

„Nein, hier ist nicht Maren, du Halbdubel", quakte eine unbekannte Männerstimme. „Seit wann hast du es nötig, deinen Schund am Kiosk zu verscherbeln? Du musst es echt bitter nötig haben."

Jonas war verdutzt. „Ich verstehe nicht. Was meinen Sie mit Schund und verscherbeln?"

„Ach, tu´ doch nicht so, als wüsstest du von nichts. Die Katzenbilder, die Mühlstein für dich verhökert. Ich hab´ immer gedacht, du wärst ein rechtschaffener Künstler. Ha! So kann man sich täuschen. Meine Achtung hast du jedenfalls verloren. Da kann ich nur sagen: pfui, pfui, pfui." Zack, aufgelegt.

Jonas stand da wie von Apollon, dem Gott der Künste, persönlich geschimpft. *Was war das denn für eine Knalltüte?*, dachte er und suchte im Menüverzeichnis des Apparates nach der Nummer des unverschämten Kerls. Es blieb dabei: Die Handynummer sagte ihm nichts. Er drückte auf

Rückruf, um den Idioten zur Rede zu stellen, doch sein Versuch wurde umgehend weggedrückt. *Affenarsch.*

Katzenbilder? Verhökern?

Jonas war beileibe kein Jünger von *Johann Carl Friedrich Gauß*, dem Mathematikgenie, aber eins und eins zusammenzählen konnte er schon. Außer den fünf Steckbriefen von Kater Minou, die er neulich im Dorf ausgehängt hatte, konnte er sich an keine andere gemalte Katze aus seiner Hand erinnern. Auch in der Vergangenheit nicht. Noch war er nicht senil, um das nicht zu wissen.

Dieser blöde Anruf hatte ihm die Laune und den Abend verdorben. Da nutzte jetzt auch ein Merlot nichts mehr. Dass Maren sich nicht auf irgendeine Weise gemeldet hatte, nagte wie ein lästiges Insekt an seinem Befinden, und alsbald stellte sich ein Gefühl von Zurückweisung ein. Das Weh darüber verzerrte sein Gesicht.

Widerwillig entschloss er sich, das traditionell für Sonntagvormittag vorgesehene Duschbad auf heute vorzuziehen. Das brachte dann zwar die sonntägliche Routine durcheinander, aber bei Zeus, er war ja sowas von flexibel.

Wie mich diese Selbstverarsche ankotzt, dachte er.

*

25. März 2022 – 30. März 2022
Maren.
Nie im Leben hätte sie vor zehn Monaten gekonnt, was eine berühmte amerikanische Schauspielerin aus Vorsorge getan und öffentlich gemacht hatte: Beide Brüste gleichzeitig abnehmen zu lassen.

Nun, nach der zweiten Operation, kam es praktisch auf das Gleiche heraus. Maren hatte keine Brüste mehr. Vielleicht hätte man die vom Krebs befallene Brust noch retten können – durch eine Chemo- oder eine Strahlentherapie. Vielleicht. Aber was hätte sie dadurch gewonnen? Einen Aufschub für wie lange? Die Angst vor einer Wiederkehr des Krebses hätte sie ständig begleitet, wie es im Grunde schon nach der ersten Brust-OP gewesen war. Und er war wieder gekommen, der Krebs. Heimlich, wie Schimmel in einer feuchten Kellerecke. Am Ende hätte sie sich doch einer weiteren Operation unterziehen müssen. Warum also nicht gleich?

Maren hatte es sich nicht leicht gemacht und in der Klinik diverse Beratungsgespräche geführt. Die Entscheidung allerdings hatte sie alleine treffen müssen.

Sie hatte die einseitige Prothese nie richtig als ihre Freundin akzeptiert. Sie war nicht mehr als zum einen eine optische, zum anderen eine physische Ausgleichsmaßnahme. Erstere zur Vorgaukelung eines makellosen Körpers, zweite als Gegengewicht zur noch vorhandenen Brust, um zum Beispiel Fehlhaltungen von Nacken und Schultern zu vermeiden. Diese *Schummelei*, wie Maren es bezeichnete, wollte sie nicht mehr. So nahm sie in der dunkelsten und schwersten Stunde ihres Lebens Abstand von einem Teil ihres Körpers und stimmte der Brustamputation zu.

Der Befund hatte sich bestätigt. Ein Knoten auf der linken Seite der linken Brust. Marens Ahnung war zur Gewissheit geworden, und nachdem sie eine schlaflose Nacht in Angst verbracht hatte, war sie sogar irgendwie darauf gefasst gewesen.

Dann war alles schnell gegangen, wie ein gut geschmiertes Räderwerk. Diagnose am Freitag, Operation am Samstag. Unterstützt vom Team der Fachärzte und Ärztinnen sowie des Pflegepersonals, durchlief Maren die Stationen wie in Trance. Sie erhielt Besuch von Frauen einer Selbsthilfegruppe, die sich rührend um sie kümmerten, und über die sie neue interessante Kontakte knüpfte. Unterstützung fand.

Am Mittwoch der nächsten Woche durfte sie die Klinik verlassen, trat aber direkt im Anschluss einen dreiwöchigen Rehabilitationsaufenthalt in Bad Flecken an.

Dort, nach all der ständigen Kontrolle und Fürsorge in der Krebsklinik, so etwas wie Privatatmosphäre zu haben und zu spüren, nahm sie endlich den Brief zur Hand, den sie am Freitag vergangener Woche noch vor ihrer Abreise in die Klinik aus dem Briefkasten ihres Hauses geholt hatte. Adressiert an sie, ohne Angabe eines Nachnamens. Absender: Jonas Baumann.

Eine Einladung zum Essen. In Gedichtform. ... *um viere ungefähr.*

Maren lächelte. Die Zeit *um viere* letzten Samstag war längst vorbei und Geschichte. Der arme Kerl. Wie sie ihn einschätzte, hatte er sich bestimmt ein Bein ausgerissen, um alles für sie perfekt zu machen. Wohnung geputzt, Tisch gedeckt, Kerzen angezündet, vorgekocht, Wein kühl gestellt, Musik ausgewählt – kurz, all den Mist verbrochen, den ältere Herren sich unter einem Tête-à-Tête landläufig vorstellen.

Nicht, dass sie aus Erfahrung sprach. Sie zog ihre Sicht auf diese Dinge aus unzähligen einsamen Stunden vor dem Fernsehgerät und den Programmen, die sie, nach Ablenkung suchend, durchgezappt hatte. Wenn die Konzentration auf ein Buch zu schwach, ein ungelöstes Sudoku nicht aufzureiben, ein Kreuzworträtsel eine zu große Herausforderung war – dann schaute sie im Fernsehen seichte Filme. Für Hobbys wie Stricken, Sticken, oder andere Handarbeiten brachte Maren nicht die erforderliche Geduld auf, beziehungsweise hielt sie sich als zu jung. Für Sport wie Laufen oder Schwimmen als zu untalentiert. Mit *walkenden* hüftgoldreichen Geschlechtsgenossinnen wollte sie nicht gesehen werden. Den Platz im zukünftigen Leben, der speziell für sie mit ihrem Schicksal reserviert war, hatte sie noch nicht gefunden.

... um viere ungefähr.

Sie schaute auf die Uhr. Bis sie in der Reha-Klinik angekommen war, sich eingerichtet hatte, mit dem

Personal den Fahrplan für die Anwendungen besprochen hatte, war es Abend geworden. Sie las Jonas´ Telefonnummer vom Brief ab und wählte. Das Freizeichen ertönte.

Als sie seine Stimme hörte, wollte sie gleich zu sprechen anfangen, doch merkte sie rechtzeitig, dass es die Ansage des Anrufbeantworters war. Darauf unvorbereitet, legte sie auf.

Sollte sie es bei dem Versuch belassen? Ausgebremst durchs Schicksal? Dann hat er eben Pech gehabt, der liebe gute Jonas? Oder versäumte sie etwas, wenn sie jetzt nicht am Ball blieb? Das große Glück? Eine Zukunft?

Sie wählte erneut und hielt den Atem an, während die technische Ansage lief. Als der Piepton ertönte, sagte sie: „Hallo Jonas, hier ist Maren. Vielen Dank für die wunderbare Einladung. Ich habe mich sehr darüber gefreut. Wie Sie, pardon, wie **du** bemerkt hast, konnte ich ihr leider nicht nachkommen. Aber wenn du sie bis Samstag in drei Wochen aufrechterhältst, werde ich ihr gerne Folge leisten. Schönen Abend und – bis dann."

Dafür, dass es im Grunde nur ein Gespräch mit einem Automaten war, zitterten ihre Hände ganz gewaltig, flatterte das Vögelchen in der Brust reichlich nervös.

Hab´ ich jetzt ein Date oder was?, fragte sie sich, und dann merkte sie, dass die erwähnte Freude wirklich von Herzen kam.

27. März 2022 – 30. März 2022

Jonas.

Sonntags hatte der Kiosk nur bis Mittag geöffnet. Die Sonntagszeitungsleser, zu denen Jonas gehörte, besorgten die Lektüre spätestens nach dem Kirchengottesdienst, und danach lohnte für den Inhaber das Geschäft nicht mehr.

Es bildeten sich sonntags auch keine Warteschlangen vor dem Kiosk. Jonas, vermutlich letzter Kunde vor zwölf Uhr, schnippte einen Zehn-Euro-Schein auf die Theke und bestellte in seiner minimalistischen Art: „Eins, zwei und fünf."

Der Kioskbesitzer stutzte. „Eins und zwei, okay." Er faltete die Zeitung zusammen, legte zwei Päckchen Zigaretten obendrauf und strich das Geld ein. „Was und fünf?" Er legte den Kopf schräg und guckte misstrauisch.

„Fünf", sagte Jonas, „Sie wissen schon, Herr Mühlstein."

Der Kioskbesitzer wusste natürlich, wen er vor sich hatte. Dagegen wusste er nicht, ob er sich dumm anstellen, oder das mit dem Bad ausgeschüttete Kind auf den Arm nehmen und abtrocknen sollte.

„Ich hab´ Sie extra noch gefragt", legte Jonas in einem Tonfall nach, der jedem Berufskiller zur Ehre gereicht hätte. „Erinnern Sie sich? An vergangenen Dienstagmorgen? Zufällig vielleicht?" Er öffnete eine der Zigarettenschachteln, zog eine Kippe hervor und zündete sie umständlich an.

Herr Mühlstein schwieg noch immer.

„Ich hab´ einen anonymen Hinweis erhalten, dass man echte *Jonas-Baumann-Gemälde* hier am Kiosk kaufen könne. Glücklicherweise kenne ich mich selbst und weiß daher, dass ich besagter Jonas Baumann bin. Wieviel verlangen Sie denn für ein Original?"

Der Kerl hinterm Tresen spielte den Film *Das Schweigen im Walde*.

Jonas atmete tief ein und aus. „Hören Sie, ich kann auch die Polizei …"

„Zweihundert", murmelte Mühlstein und studierte dabei den Wetterhahn auf der Kirchturmspitze. Manche Verschwörungserzähler behaupteten, es handle sich in Wirklichkeit um eine Antenne zum Oberboss der Reptiloiden.

„Wie?"

„Cash auf die Hand", war die Antwort.

„Das versteht sich ja wohl von selbst, dass Sie keine Aktien verlangen. Ich meinte zweihundert für ein Bild oder zweihundert für alle fünf?"

„Für eins. Aber rechtlich gesehen verhält es sich so, dass, indem Sie die Bilder im öffentlichen Raum aufgehängt haben, Sie den Besitzanspruch verwirkt haben. Die Bilder wurden zum öffentlichen Gut. Ich kenne mich da aus."

„Aha, ist das in etwa so wie mit dem Sperrmüll?", fragte Jonas beeindruckt.

„Genauso ist es. Ich sehe, Sie verstehen mich."

Jonas klopfte frech die Zigarettenasche auf die ausgelegten Illustrierten ab. „Wie sind Sie eigentlich an die fünf Bilder gekommen? Haben Sie sie gesucht?"

„Das eine hing ja dort drüben an der Litfaßsäule. Die anderen habe ich, nachdem ich gesehen hatte, dass es Bilder von Wert waren, gesucht, ja. Beziehungsweise suchen lassen. Ein Schulschwänzer hat das gegen eine kleine Aufwandsentschädigung für mich erledigt."

„Und gefunden?"

„Und gefunden", bestätigte Herr Mühlstein mit sichtlicher Zufriedenheit.

„Dann könnte man ja auch von Fundsachen sprechen, nicht wahr? Und Fundsachen von Wert muss man, soweit ich weiß, auf dem Fundbüro abgeben. Wenn man es nicht tut, begeht man eine Fundunterschlagung. Was halten Sie von dieser Variante?"

Mühlstein erschoss Jonas geradezu mit seinen Blicken, und er knirschte mit den Zähnen. Dann langte er blind und ohne mit der Wimper zu zucken unter den Tresen, wo er normalerweise die Schmuddelhefte aufbewahrte, die für den sichtbaren Handel nicht vorgesehen waren, und holte ein dünnes Bündel hervor: Jonas´ Bilder in Dokumentenfolien geschützt. Verächtlich warf er es Jonas hin.

„Das sind aber nur vier", reklamierte Jonas, der nachgezählt hatte.

„Eines habe ich verkauft", behauptete Mühlstein hochnäsig. „Betrachten Sie es als Finderlohn. Und jetzt verschwinden Sie. Ich hab´ Feierabend."

Jonas ging nach Hause und verbrachte den gefühlt längsten Sonntagnachmittag, den er je erlebt hatte. Er hatte nicht nur Sehnsucht nach seinem Kater, sondern auch, obwohl er rein gar nichts von ihr wusste, nach Maren.

Um seiner Seelenpein ein Gesicht zu geben, stellte er seine letzten Werke auf ein sogenanntes Sideboard im Wohnzimmer: Die Bilder von Minou neben Marens Porträt. Und egal, aus welcher Perspektive er die Bilder betrachtete – eine typische Handschrift des Künstlers Jonas Baumann erschloss sich ihm nicht. Was ihm andererseits Genugtuung verschaffte, denn er hielt den Preis von zweihundert Euro für ein unspektakuläres Minou-Bild maßlos überzogen. Gut zwar für Mühlstein, schlecht für den Käufer.

Nach einer unruhigen Nacht mit wilden Träumen brach er am Montag zu der gewohnten Runde um den See auf. Die breite Promenade in forsch angeschlagenem Tempo zuerst, um dann Schritt für Schritt in rückwärtsgewandter Melancholie den Trampelpfad am minderen Ufer entlang zu bummeln. Je näher er der Stelle der direkten Erstbegegnung kam, desto langsamer wurde er. Desto intensiver atmete er, überzeugt von der Vorstellung, dass der Welt nichts verloren gehen konnte. Ein jegliches Atom hatte seinen Platz, ein jedes Molekül seinen Ursprung und Verbleib. Also auch ein Duft, der sich vielleicht verflüchtigen, aber nicht unauffindbar verschwinden konnte. Schließlich glaubte man ja auch an die Kraft homöopathischer Mittel, die, in tausendfachen Potenzen verdünnt, ihre heilenden Wirkungen entfalteten.

Nun verhielt es sich nicht so, dass Jonas tatsächlich einen wahrnehmbaren Duft Marens aus der Luft des Waldes extrahieren konnte. Darum ging es ihm jedoch nicht vorrangig. Es ging ihm um die Treue. Erstens sich selbst und seiner Lebensauffassung treu zu bleiben, egal wie skurril sie war und wie andere darüber dachten; zweitens auch Maren gegenüber seine Ernsthaftigkeit zu demonstrieren. Sie würde diese ehrlich geleistete Treue über Schwingungen in der Atmosphäre empfinden können, ganz gleich, wo sie im Augenblick auch sei. Und er nahm sich vor, solange er Maren nicht sehen oder sprechen konnte, täglich diese Wanderung zu unternehmen, freilich außer samstags, sonntags und feiertags, ganz verortet in der Tradition der romantisierten Wanderschaft im Zeichen und auf der Suche nach der *Blauen Blume*.

Disziplin zu wahren fiel Jonas nicht schwer. Ein Luftikus war er noch nie gewesen. Einmal für eine Sache entschieden und für richtig erachtet, ließ er sich durch zweifelhafte Ablenkungen nicht vom Weg abbringen. Er verhielt sich in solchen Dingen sehr seriös.

So verging der Montag in introvertierter Versammlung.

Am Dienstag öffnete er sich für die Einkäufe auf dem Wochenmarkt, um im Anschluss seine

Pilgerwanderung um den See aufzunehmen. Er besuchte Marens Haus, schaute nach, ob sie vielleicht doch zu Hause war, kontrollierte den Briefkasten und stellte fest, bevor er nach Hause ging, dass keine Zeitung vor der Haustür lag.

Ernsthaft zu sein bedeutet nicht, auch ruhig und gelassen zu sein.

Jonas sorgte sich, wo Maren denn sein mochte oder was ihr zugestoßen sein könnte. Dass sie sich auf einer Urlaubsreise befand, mochte er einfach nicht glauben. Obwohl – was sonst? Sie konnte, wenn es keine Urlaubsreise war, natürlich auch zu Verwandten oder zu Freunden gefahren sein. Ja, warum eigentlich nicht? Doch Jonas wollte sie nicht auf dieser Ebene sehen.

So wie er Schwingungen nach ihr aussandte, so fuhr er auch seine Gitterantennen aus und fischte in der Luft nach Signalen und Hinweisen, die ihm eventuell eine Geschichte erzählten. Am besten natürlich eine Geschichte von ihr. Auf diese höchst sensible Weise gelangte er in einsamen Sitzungen zu der Überzeugung, dass es einen triftigeren anderen Grund für Marens Abwesenheit geben musste. Er spürte intuitiv, da ihn die Eingebung mit einer kalten Gänsehaut überzog, dass es ein sehr trauriger Anlass war.

Mittwochabend. Jonas, nach Tagen andauernder strenger Konzentration mental erschöpft, hatte einen Liegestuhl auf den Bahnsteig von Gleis eins gestellt und döste bei untergehender Sonne vor sich hin. Ein Gelöbnis einzuhalten, stellte er fest, ist keine Aufgabe für Feiglinge, wenn man es ernst meinte. Und das tat er.

So vieles gab es zu bedenken. Jeder Mensch definierte sich anders. Da durfte er nicht davon ausgehen, dass es unter acht Milliarden Vertretern der Gattung Homo sapiens den einen Prototyp gab, der mit allen anderen in Gebrauch, Verwendung und Passgenauigkeit kompatibel war. Womöglich existierte für Jonas auf dem weiten Erdenrund überhaupt nur ein einziges menschliches Wesen, das extra auf ihn zugeschnitten war. Eines.

Jonas wollte sicher sein, dass Maren dieses Wesen war. Dies im Vorfeld herauszufinden, erforderte eine enorme Kraftanstrengung und eine Menge Mut. Um erfolgreich zu sein, zog er sogar in Betracht, bei nicht hundertprozentiger Deckungsgleichheit die eine oder andere Kröte zu schlucken und ihr den Namen Toleranz zu geben. Irgendwie, dachte er, würde eine Partnerschaft, und eine solche wollte er mit Maren beschließen, ohne Toleranz nicht funktionieren.

Gelegentlich schielte er aus seiner liegenden Stellung heraus über das Schotterfeld der Gleisanlagen in der Hoffnung, seinen Kater Minou zu entdecken. So ganz ohne Lebewesen fühlte sich Jonas dann doch recht einsam. Auf die Anzeige in der Samstagszeitung hatte sich bis jetzt niemand gemeldet, und allmählich bereitete er sich innerlich auf einen Verlust vor.

Er musste eingeschlafen sein, denn als er das Auge aufschlug, um sich in der Küche ein Glas Wein einzuschenken, war es erheblich dunkler geworden. Die Sonne war unter Hinterlassung eines feurigdramatischen Abendrots unter die Horizontlinie gerutscht.

Ächzend kam er aus dem Liegestuhl hoch. Zu schnell, wie er bemerkte, denn eine kurzfristige Kreislaufschwäche tauchte das verbliebene Augenlicht in Blindheit. Fahrig um sich greifend, erwischte er das Regenfallrohr und hielt sich daran fest.

Noch immer tappig auf den Beinen, kurvte er in die Wohnung hinein.

Die Leuchttaste des Anrufbeantworters stach ihm wie einer dieser grellen Halogenautoscheinwerfer bei Fernlichteinstellung ins Auge und blendete ihn mit gelben und blauen Ringen.

Wenn das wieder dieser Idiot von letzter Woche wegen der Katzenbilder ist, blas′ ich ihm den Marsch, dachte Jonas und stapfte mit schwerem Tritt zum Telefon.

Ein Druck auf die Abhörtaste: *Sie haben eine entgangene Nachricht.* Es knisterte im Gerät. Dann ertönte ihre Stimme so klar und deutlich, als würde sie vor ihm stehen: „Hallo Jonas. Hier ist Maren ...“

Der erste Impuls war, sofort zurückzurufen. Doch als er schon die Finger nach dem Hörer ausstreckte, streifte ihn eine Warnung, dass er womöglich durch übereiltes Handeln mehr kaputt machen könnte als ihm lieb sein würde. Also ließ er es bleiben, hatte Maren ihm ohnehin eine klare Zeit angeboten: *bis Samstag in drei Wochen*. Zum Donner, er hatte vierundfünfzig Jahre lang gewartet. Jetzt würde er sich doch von drei Wochen nicht die sprichwörtliche Butter vom Brot nehmen lassen.

Aber irgendetwas musste er zu seiner Befriedigung tun.

Er bekam Lust auf Musik. Er kauerte vor dem Plattenregal und blätterte die Vinyl-Alben durch. Er hielt nur die Pressungen auf Vinyl für authentische Aufnahmen und tat die CD-Produktionen als flache Alibi-Ware ab. Laut und schön sollte sie sein, die Musik. Und wenn nicht das, dann mindestens laut und dramatisch.

Jonas war nicht nur eingefleischter Wagnerianer, sondern ebenso ein Schillerianer sowie ein van Beethovener. Allein vom Titel her würde manch anderer an van Beethovens Neunte und speziell an den vierten Satz denken: *Ode an die Freude*. Ja, bestimmt, dieses Werk hatte was.

Jonas allerdings hielt den vierten Satz der Neunten Sinfonie mit van Beethovens *Ode an die Freude* für ein typisches Beispiel von vereinnahmter Kunst. So grandios die Musik, so gewaltig das Werk, so abhängig waren sie von der Beschaffenheit des Anlasses. Der Musik fehlte sozusagen das Allein-stellungsmerkmal. Nicht, dass man die Musik ohne Schillers Text nicht erkennen würde. Doch, das schon. Aber sie wird stets als Tonträger für Schillers

Verse herhalten müssen und in Verbindung gebracht werden.

Zu Schillers Text selber hatte Jonas eine ambivalente Einstellung. Zweifellos war die *Ode an die Freude* ein Meisterwerk der Dichtkunst. Was ihm mehr oder weniger sauer aufstieß, war die zeitgeistige, ja, wesensdeutsche kristalline Verherrlichung, deren Sprache vielleicht wunderbar ins 18. Jahrhundert passte, zur heutigen Zeit jedoch keine nachvollziehbaren und belastbaren Brücken schlug. Was aufgrund der vergangenen Zeit seit der Entstehung vielleicht verständlich war. Leider, und das war nicht Schillers Schuld, bedienten sich einhundertfünfzig Jahre später die Nazis ähnlich schwülstiger Vokabeln und missbrauchten sie zur Glorifizierung und Verbrämung ihrer Idiome. Und das gefiel Jonas nicht. Die Härchen seiner Unterarme stellten sich auf, wenn er nur an Nazi-Sprech dachte.

Konsequent und ohne Bedauern schob er Beethovens Neunte ins Regal zurück.

Zufällig fiel ihm eine andere Platte in die Hände: *It's a Man's Man's Man's World* aus dem Jahre 1966 von *James Brown*. Noch bevor sich die Platte auf dem Plattenteller drehte, schnitt die Erinnerung an *James Brown'* messerscharfe Stimme das Gehirn in Scheiben. Jonas grunzte vor Vergnügen. Und als die Nadel kratzend in die erste Spur glitt, beschallte er, grotesk und exzentrisch mit den Armen rudernd, den Bahnhof und die Umgebung in voller Lautstärke. Den Refrain kreischte er jeweils voller Inbrunst mit: *But it wouldn't be nothing, nothing without a woman or a girl.*

Jonas war beflügelt und, man hielt es nicht für möglich, auf seine unnachahmliche Weise verhältnismäßig leichtsinnig. Er brach mit dem steifen Korsett, dem er sich verschrieben hatte. Zum Beispiel warf er einen seiner ältesten Grundsätze über Bord und kleidete sich, der Jahreszeit angemessen, in einen helleren Anzug als seinen gewohnten alten. Auf Anzug, Weste, Krawatte und weißes Hemd wollte er trotz aller erreichter Lebensfreude dennoch nicht verzichten. Das war er der Seriosität schuldig. Darum wagte er auch nicht von heute auf morgen in Jeans, Polohemd und Baseballkappe zu erscheinen – solch einen Paradigmenwechsel wollte er sich und den Einheimischen nicht aufbürden. Letztere betrachteten ihn ja schon wegen des freundlicheren Anzugs, als sei er ein Fremdkörper. Wer sich nicht ganz sicher war, musste sich an der Augenklappe orientieren.

War er, ein anderes Beispiel, seit längerer Zeit nicht mehr als *Pöt* öffentlich in Erscheinung getreten, eigentlich genau seit dem Tag seines Unfalls, verspürte er neuerdings wieder Lust am Verseschmieden. Viel zu lange, empfand er in einer Art Neuerfindung seiner selbst, hatte er das Feld, auf dem die Reime gediehen, brach liegen lassen. Dass er als Dichter jemals in Erscheinung getreten war, registrierte er praktisch nur noch an den gelegentlich eintrudelnden Margenabrechnungen über verkaufte Bücher seines Verlags.

Kleine Gedichtbüchlein waren es gewesen, die er veröffentlicht hatte. Nonsens, auf den die Welt nicht gewartet hatte, wenn man so wollte. Amüsements für zwischendurch. Zu umfangreich, um Teebeuteletiketten zu bedrucken; zu unbedeutend, um es per Flugzeug an den Himmel zu schreiben. Nichts ernstes, doch genauso schwierig zu erarbeiten wie ein Monumentalwerk. Naja, vielleicht nicht ganz so komplex. Jonas blieb da gottseidank bescheiden.

Und siehe da, rankte sich nicht gleich ein vorwitziges grünes Zweiglein um des *Pöten* Haupt? Trug es eventuell den Duft des Lorbeers mit sich? Sollte er, noch ehe überhaupt ein neues Gedicht entstanden war, gewissermaßen mit Vorschusslorbeeren bekränzt werden?

Jonas bremste sich ein, dass es quietschte. Rechtzeitig, gerade noch. Er merkte, dass er Gefahr lief, vor Glück überzuschnappen. Oder was auch immer diese spritzige kitzelnde explodierende Brause in seinem Kopf anstellte. Aber dennoch: Er fühlte sich so … so … **Wow**!!

*

31. März 2022 – 09. April 2022
Maren.
Das Tagesgeschehen, was in der Welt so passierte, nahm Maren nur am Rande war. Nicht, dass sie sich

generell nicht dafür interessierte. Sie hörte, was die Mitpatienten darüber erzählten, ohne dass sie selber dazu große Beiträge leistete, und das genügte ihr. Ihre Rolle in der Reha-Klinik verstand sie ohnehin als eine eher defensiv ausgerichtete, was ihrem Naturell näher lag, als sich für Themen zu erwärmen, die sie in der aktuellen Situation für abstrakt hielt.

Anfangs, immer noch unter Auswirkung des Schocks, bewegte sie sich zwischen Hoffnung und Verzweiflung. Zustände, die sie nicht steuern konnte und in die sie jeweils ohne Vorwarnungen geworfen wurde. Sie traten auf wie Fieberschübe, und sie fühlte sich machtlos wie eine Süchtige auf kaltem Entzug. Lösungen, Vorschläge, Therapien und gut gemeinte Ratschläge verpufften in der ersten Woche ohne nachhaltigen Erfolg. Erst als sie die Gefahr erkannte, wohin sie ohne Gegenwehr geraten würde, mobilisierte sie ihre Widerstandskräfte.

Wenn sie nicht gerade an irgendwelchen Reha-Programmen teilnahm, versuchte sie sich ihrer neuen Identität anzunähern. Denn eines war ihr klar: Es gab eine Zeit vor der ultimativen Brustamputation, und eine Zeit danach. Physisch hatte sie diese Schwelle bereits überschritten. Nun hieß es, auch die Psyche darauf vorzubereiten, dass sie in Zukunft nicht mehr dieselbe Frau sein würde als die davor. Eine Frau noch immer, aber eben eine andere. Welche, das hoffte sie erleben zu dürfen. Eine Zeit haben zu dürfen, denn bei Krebs saß einem stets die Faust im Nacken.

Genau diese Faust war es, gleichbedeutend mit Angst, mit deren ständiger Präsenz sie lernen musste umzugehen, ohne zu erstarren. Sie überwinden musste. Durch Aufbau einer neuen Identität.

Wobei es bei dieser Form der Identität absolut nicht um die bürokratischen Daten im Personalausweis ging. An jenen würde sich nichts ändern. Oder verlangte jemand, womöglich ein Sesselpupser vom Amt, im Personalausweis unter *unveränderliche Kennzeichen* den Eintrag *keine Brüste* vornehmen zu lassen?

So weit kommt's noch, dachte Maren in Unkenntnis der Dinge und wischte die Frage rasch zur Seite.

Nach zwei Wochen Reha-Aufenthalt in Bad Flecken hatte sie Mut gefasst und sich in einem ortsansässigen Fachgeschäft beraten lassen, welche Art Kleidungsteil für sie und die brustlose Brust infrage käme. Da sie sich grundsätzlich gegen Prothesen entschieden hatte, fielen von vornherein entsprechende BH-Modelle flach. Sie wollte nicht dort etwas aufpolstern, wo definitiv nichts war. So wünschte sie sich fürs Erste, solange die lange Narbe deutlich sichtbar war, ein breites, leicht elastisches Band ohne Körbchen, aber mit Trägern, wie sie es bei Sportlerinnen gesehen hatte. Sollte sie mit so einem Teil vom Tragekomfort her gut zurechtkommen, könnte das auch die Lösung für spätere Anschaffungen sein. Denn völlig ohne Textil um den Oberkörper wollte sie nicht sein. Zuhause ja. Zuhause würde ihr das nichts ausmachen. Aber für draußen, für unterwegs, oder in Gesellschaft, brauchte und wollte sie, fürs Gemüt, – einen Schutz.

Maren erwarb drei solcher Sport-BHs, und fühlte sich damit von Beginn an wohl. Sie bekam das Empfinden vermittelt, dass etwas sie hielt, anstatt etwas verloren zu haben, und ihr Selbstbewusstsein vollführte gleich einen zweistufigen Sprung nach oben. Das Kinn hob sich, der Blick blieb ohne zu wanken gerade, und die Brust reckte sich zu einer stolzen Haltung. Überhaupt schien ihr, sie hätte einen ähnlichen Elan zuletzt als Teenagerin gekannt. Leichtigkeit, Unternehmungslust und Optimismus befreiten sie von dem grauen Tüll, in den sie ihre gebeutelte Seele gewickelt hatte, und ließen ihn jetzt, wie das blaue Band im Frühling, hinter ihr durch die Lüfte flattern.

Langsam verfestigte sich in ihr die Erkenntnis, dass sie mit sechsundfünfzig noch nicht am Ende des Weges angekommen war. Dass ihr eine Zeit geschenkt war, die sie mit Leben füllen konnte. Mit ihrem Leben. Und Leben bedeutete Zukunft.

In eineinhalb Wochen würde sie heimfahren. In ihr eigenes kleines Haus.

Maren dachte über jedes einzelne Wort nach und versuchte, dessen Wert zu ermessen. Was es ihr bedeutete, dort zu sein. Allein, versteckt hinter einem Wall aus Erde und Steinen, erreichbar nur zu Fuß über einen schmalen Pfad, oder mit dem Auto über eine Straße mit Umweg. Sie überlegte, ob dort ihre Bestimmung sein würde.

Dann fiel ihr die kleine Katze ein. Ob sie wohl noch auf Besuch zum Haus kommen würde, oder ob sie sich inzwischen ein anderes Kosthaus gesucht hatte? Was ihr nicht zu verdenken wäre.

Und Jonas. Plötzlich kam es ihr vor, als hätte sie seine Einladung in einer anderen Ära gelesen. Als hätte sie ihm als ein ganz anderer Mensch geantwortet. Respektive als ganz andere Frau, um biologisch korrekt zu bleiben. Gehörte er zu dem Bild, das sie von sich in der Zukunft sah? Oder würde er die Bühne erst später betreten? Oder gar nicht? Wie stand sie überhaupt zum männlichen Geschlecht? Wollte sie sich auf eine Beziehung einlassen? Beziehungsweise: Würde sie sich auf eine Beziehung einlassen, falls sie sich ergäbe? Oder würde ein Mann alles nur komplizieren?

Wie ein Ritter auf einem weißen Pferd ist er mir nicht gerade vorgekommen, der Jonas. Im Sturm erobert hat er mich jedenfalls nicht, dachte sie und erlag der nüchternen Analyse, dass, wer so denkt, sich insgeheim genau das wünscht.

Ja, heißt das dann, dass ich grundsätzlich will?

Maren schaute kritisch an ihrem Körper hinunter. Flach wie ein Brett. Sie lachte lauthals auf. *Du glaubst doch wohl nicht, dass ein Mann eine Frau ohne Brust begehren könnte?*

Kaum gedacht, tat ihr der Gedanke schon wieder leid, weil sie nicht in diesen Denkmustern verhaftet sein wollte. Es gab mehr zwischen Himmel und Erde, als sie als ehemalige Chemielehrerin wissen konnte, und zwischen Mann und Frau ebenso. Wenn sie also an ein zukünftiges Leben, an ein neues Leben glaubte, warum nicht für alles offen sein?

*

31. März 2022 – 23. April 2022
Jonas.

Gruselstunde.
Wenn der Abend sinkt hernieder
zieh´ ich mich in mich zurück,
lausche alten Märchen wieder,
lass´ mich gruseln im Genick.

In der Nacht dann angekommen
weit und breit kein Licht in Sicht,
in der Stube glimmen fromme
Kerzen mit ´nem kurzen Dicht.

Um dreie dann des Wolfes Rufen,
gefolgt von einer Eule Schrei,
es scharrt der Teufel mit den Hufen –
um viere ist der Spuk vorbei.

Wird der Morgen dann zum Tage,
die erste Stund´ besonders schwer,
stellt sich stets die gleiche Frage:
„War´s das, oder kommt noch mehr?"

Ist´s diesmal nochmal gut gegangen,
denn gottseidank ist nichts passiert,
will ich beim nächsten Mal verlangen,
dass mir vor Angst das Blut gefriert.

Jonas las, was er geschrieben hatte – und zerriss es.
Er schrieb es von Neuem – und behielt es.

Naja, es ist ein Anfang, dachte er, *nur ein Anfang. Ich kann es besser. Beziehungsweise: Ich hatte es besser gekonnt.*

Aus der Tatsache, dass Jonas vor Marens Haustür keine Zeitungen mehr vorfand, schloss er, dass mit dem Zeitungsvertrieb eine befristete oder ständige Regelung oder Abmachung getroffen worden war. Für Jonas hieß das übersetzt, dass Maren vor ihrer Abwesenheit insoweit handlungsfähig gewesen war, das Abo auf bestimmte Zeit auszusetzen. Im Übrigen musste das auch für die Post gelten, denn er hatte keine Postsendungen mehr im Briefkasten gesehen. Er ging davon aus, dass diese bis auf Weiteres postlagernd behandelt wurden. Jonas brauchte also nicht mehr jeden Tag nachzuschauen, ob Maren zu Hause war.

Er hatte die Wartezeit in Abschnitte eingeteilt. In Perioden mit Steigerungspotenzial. Erste Woche, zweite Woche, dritte Woche. Kindisch wie er war.

Er zelebrierte Warten nicht als passiven Zustand, sondern als aktive Tätigkeit. Würde ihn jemand explizit nach der Kunst des Wartens gefragt haben, er hätte sie in Wort und Schrift ausreichend erklären können.

In der ersten Woche zeigte er sich der Öffentlichkeit mit aufgesetzt angestrengter Miene. Nach der obligatorischen Runde um den See spazierte er, die Hände über dem Steißbein verschränkt, vor sich hin brummend, die Straße zwischen Kirche und Uferpromenade auf und ab. Er wollte wahrgenommen werden.

Die zweite Woche lungerte er, auf bekannte Weise klassische Arien tirilierend, auffällig am Kiosk herum und irritierte Herrn Mühlstein vom Kiosk derart, dass dieser die Polizeistreife wegen angeblicher Belästigung anforderte, und man möge Herrn Baumann doch bitte einen Platzverweis erteilen. Auf die Frage der Beamten, was er denn treibe, antwortete Jonas: „Ich warte. Sieht man das denn nicht? Oder ist das etwa verboten?"

In der dritten Woche begab er sich täglich zu Ankunftszeiten der Busse zur Haltestelle beim *Goldenen Ochsen* und stand sich dort, Ewigkeiten lang wartend, die Beine in den Bauch. Die Speisekarte im Aushang vor dem Restaurant konnte er nach der halben Woche auswendig aufsagen.

Dann aber erwartete Jonas **den** Samstag. Also **den** Samstag in drei Wochen, wie Maren angekündigt hatte. Und als der Samstag endlich eingetrudelt und es Tag geworden war, erfuhr Jonas am eigenen Leibe, was Warten wirklich bedeutet. An keinem Platz in seinem Haus hielt er es länger aus als zehn

Sekunden. Weil die physikalische Zeit ihm gewaltig auf den Sack ging, steckte er die Armbanduhr in den Kühlschrank und umhüllte die Bahnhofsuhr auf dem Bahnsteig mit einer dunkelblauen Plastiktüte. Dumm nur, dass er anhand des Sonnenstandes und des Schattenwurfs aus Erfahrung genau wusste, wieviel die Stunde geschlagen hatte. Konnte er genauso gut die Armbanduhr wieder anziehen.

Der Tisch war längst gedeckt, der Spargel geschält, der Pfannkuchenteig gerührt und die Weinflasche geöffnet. Den prächtigen Nachmittags-sonnenschein sperrte er durch zugezogene Vorhänge aus. Das rote Gewebe vor den Fenstern tauchte den Raum in ein diffuses, Jonas meinte, in ein intimes Licht. Brennende Kerzen würden den Eindruck bestimmt noch verstärken.

Allmählich wurde es wirklich spannend, denn die Uhr tickte auf vier Uhr zu.

Dann klopft es an die Türe, und Jonas pullerte sich vor Erlösung beinahe in die Hose.

*

20. April 2022 – 23. April 2022
Maren.
Maren war am späteren Mittwochnachmittag zu Hause angekommen. Mit einem Taxi, und somit beinahe heimlich. Das Taxi hatte getönte Scheiben gehabt, und falls doch jemand sie auf dem Rücksitz erkannt haben sollte – nun denn. Es war ja auch wirklich nur **beinahe** heimlich.

Als sie aus dem Taxi ausgestiegen war und ihr kleines Häuschen im Abendlicht hatte stehen sehen, war ihr vor Rührung eine Träne ins Auge gestiegen. Hätte sie es umarmen können – sie hätte es getan.

Was sie für die nächsten Tage an Lebensmitteln benötigte, hatte sie noch in einem Supermarkt in Bad Flecken gekauft. Sogar an Katzenfutter hatte sie gedacht. Maren hatte nicht vor, die nächsten Tage bis Samstag aus dem Haus zu gehen. Samstag dann, ja, den hatte sie Jonas versprochen.

Jonas. Wie es ihm wohl ergangen sein mochte? Sie horchte in sich hinein. Freute sie sich, ihn zu sehen?

Komisch. Sie dachte an Jonas, und dachte gleichzeitig an Chemie.

Apropos Chemielehrerin: Was war der Grund gewesen, dass sie ausgerechnet Chemie als Lehrfach gewählt hatte?

Genau. Weil es unerhört spannend war. Weil alles auf der Welt Chemie war. Und wenn die Chemie zwischen zwei Menschen stimmte – konnte es nicht auch chemische Reaktionen dabei geben? Wie zum Beispiel bei Wasserstoff und Sauerstoff als H_2O? Oder bei Kohlenstoff und Sauerstoff als CO_2? Oder bei Menschen als Sex?

Maren rätselte, ob Sex nun Chemie, Physik, Biologie oder zwangsläufig die Summe von allem war. Aber wollte sie das überhaupt noch? Sex? Nicht lange her, vor knapp über einem Jahr, hatte sie mit Kollegen in der Schule herumgealbert, dass sie mittlerweile so lange aus dem Geschäft sei, dass sie kaum noch wisse, wie Sex funktioniert. Haha. Jaja.

Konnte man sich nicht gern haben ohne diese – chemische Reaktion? Hatte sie ihn nicht immer schon irgendwie – anstrengend gefunden? Sie versuchte sich an ihre Ehe zu erinnern, doch eine automatische, aber schweineteure Sicherheitsschutz-schaltung blockierte den Zugang zu jener Datei.

Im Nu hatte sie sich wieder eingerichtet. Räumte die Lebensmittel ein, den Koffer in den Schrank, die Wäsche in die Waschmaschine. Alsbald sah es im Häuschen so aus wie vorher. Manchmal war sie regelrecht überrascht, wie wenig Dinge sie besaß. Um als Erwiderung davon überzeugt zu sein, dass sie nicht mehr brauchte.

Ab nun würde sie allein zurechtkommen müssen. Ohne die Betreuung und Rückendeckung durch das Profiteam der Reha-Klinik. Was sollte dabei schon schiefgehen? Sie war ja kein Pflegefall.

Bevor sie zu Bett ging, betrachtete sie sich fasziniert im Spiegel. Figürlich ähnelte sie jetzt einem zehnjährigen dürren Mädchen mit spitzen Schultern und knöchernen Schlüsselbeinen. Die ältere Narbe rechts war kaum noch zu erkennen. Die frische Narbe begann als dünner Strich unter der linken Achsel und führte waagrecht bis beinahe zum Brustbein. Eine kosmetisch-plastische Rekonstrukti-on der Brustwarzen aus Kunstmaterial mit tätowierten Höfen hatte sie abgelehnt. Vorerst. Eventuell würde sie zu einem späteren Zeitpunkt auf die Möglichkeit zurückgreifen. Jetzt war wichtig, den Ist-Zustand zu akzeptieren. Von ärztlicher Seite gab man ihr gute Chancen, den Krebs endgültig überwunden zu haben.

Noch am gleichen Abend begann sie, ein in der Klinik gefasstes Vorhaben in die Tat umzusetzen. Sie würde ein Buch schreiben. Kein medizinisches, Gott bewahre, dazu fehlte es ihr an profundem Wissen. Zudem gab es über das Thema Brustkrebs bei Frauen, wie sie mit der größten Suchmaschine der Computerwelt herausgefunden hatte, Fachliteratur und Erfahrungsberichte en masse. Nein, ein Roman sollte es werden über Frauen wie sie, mit eigener Geschichte, inklusive allen Erfolgen und Rückschlägen, mit den Gefahren und Kämpfen des Lebens. Freilich würde auch das Schicksal Krebs eine schwergewichtige Rolle spielen. Und natürlich, war Maren überzeugt, existierten auch Abertausende von solcher Kategorie Frauenromane. Doch es kam letztlich darauf an, wie die Geschichte erzählt werden würde, und da meinte Maren, dass sie eine unverwechselbare Sprache besaß.

Sie platzierte das Notizbuch mit den Aufzeichnungen, die sie in Bad Flecken begonnen hatte, auf dem Schreibtisch im Wohnzimmer neben ihren Laptop. Die nächsten beiden Tage würde sie anfangen, das Gerüst für den Roman zu umreißen. Es schadete nicht, falls es länger dauern sollte. Im Gegenteil. Sie würde jede freie Minute, jede Stunde genießen können. Im Sommer, wenn das Wetter es zuließ, konnte sie draußen im Garten schreiben. Unter einem Sonnenschirm, ein kühles Getränk dazu. Marens grüne Augen strahlten.

Und da jedes Buch mit einem Wort begann, wählte sie auf dem Laptop das Programm *Word* und schrieb auf das angezeigte leere Blatt: *Sie* ...

Bevor sie am Donnerstag mit dem Schreiben fortfuhr, das Buch sollte ja nicht bloß aus einem einzigen Wort bestehen, erwirkte sie beim Zeitungsvertrieb sowie bei der Post die Aufhebungen der Liefersperren.

Wie gemütlich sie es in ihrem Haus hatte, bemerkte sie erst dieser Tage. Vorher war, unsichtbar aber extrem gegenwärtig, das Gespenst des Krebses wie eine latente Bedrohung über ihr gegangen. Vielleicht, hatte sie sich manchmal eingeredet, hatte man ihr die Krankheit angesehen. Oder angemerkt. An der Körperhaltung, im Verhalten, an einer dunklen Wolke, die permanent über ihr schwebte; oder an einem Pfeil, der vom Himmel her auf sie zeigte: *Diese Person ist von Krebs befallen.*

Dieses Gefühl, auf einem Präsentierteller zu stehen, war weg. *Jetzt fange ich bei null an. Als dürres spitzknochiges Gör.* Das Haus war nicht länger eine auf fremdbestimmte Zeit befristete Bleibe, sondern eine Wohlfühloase.

Hin und wieder schaute und hoffte sie nach der kleinen Katze. Doch weder vermochten eine einladend offene Haustür, noch eine Schale mit

Katzenfutter sie aus dem Hag zu locken. Maren raunte ihr zu: „Du bist immer willkommen."

Je näher der Samstag rückte, desto zappeliger wurde Maren. Und als es definitiv Zeit war zu gehen, kribbelte es in ihrem Bauch. Ob sich dieses Hummelbrummen im Bauch für eine Frau ihres Alters schickte oder nicht, war ihr herzlich egal. Ob es gut war oder schlecht, wusste sie nicht zu beurteilen, aber körperlich fühlte sie sich leicht und fit wie schon lange nicht mehr. Sie hätte ihr Fahrrad nehmen können, also die gute Straße mit dem längeren Weg, doch entschied sie sich zu Fuß zu gehen.

Unterwegs wurde Maren kurzfristig und uneingeplant von einer der Frauen aus der Gemeindebücherei aufgehalten. *Lange nicht gesehen ... ach, wo waren Sie denn ... oh, Gott, Krankenhaus, hoffentlich ist alles gut ... ts, ts, ts, was Sie nicht sagen ... ja, unbedingt, besuchen Sie uns doch mal wieder, gell ... schönes Wochenende ... ja, danke, Ihnen auch ...* Small Talk auf dem Lande, weshalb Maren geringfügig verspätet an Jonas Haustür klopfte. Zwölf Minuten, um genau zu sein.

*

23. April 2022
Jonas.
Jessesmaria, sie kommt wirklich, dachte Jonas. Das Herz klopfte ihm bis zum Hals, als er mit weichen

Knien zur Türe tappte. Ein entschlossener Griff zur Türklinke, ein letztes Räuspern, ein beherztes Öffnen der Tür. „Hallo, Ma …"

Da war keine Maren. Statt ihrer ein ihm unbekannter Mann in den späten Sechzigern oder frühen Siebzigern. Oder doch, vielleicht hatte er ihn im Dorf schon mal gesehen, das konnte sein.

Der Mann grinste ihn breit ihn an. „Hallo, Herr Baumann, sehen Sie, was ich habe." Er hob einen mit einem Tuch verhängten Gegenstand in die Höhe vor Jonas´ Gesicht. Dann zog er, wie ein Hobby-Zauberer, Simsalabim, das Tuch weg. Zum Vorschein kam ein Tiertransportkorb aus Plastik, und darin saß …

„Minou?" Jonas war baff. „Minou?"

„Ja, gell, da staunen Sie", strahlte der Mann. „Wie auf dem Bild in der Zeitung. Ich habe ihn gleich erkannt. Er …"

„Minou. Entschuldigen Sie, aber ich bin ganz von den Socken. Minou. Aber wie oder wo haben Sie ihn gefunden? Er war doch mehrere Wochen weg?"

„Das wollte ich Ihnen gerade erzählen. Sagen Sie, können wir nicht hineingehen und den Korb abstellen? Der Korb … die Katze ist ziemlich schwer, verstehen Sie? Oder erwarten Sie Besuch?"

„Oh, entschuldigen Sie vielmals. Freilich, kommen Sie herein, stellen Sie den Korb am besten auf … auf … na, wohin denn, auf …" Jonas räumte einen Teller und ein Glas vom Esstisch, „hierher."

„Oh, Sie erwarten Besuch?", fragte der Mann neugierig zum zweiten Mal.

„Besuch?"

Der Mann wies auf den gedeckten Tisch.

„Ach so, ja, Besuch." Siedend heiß fiel ihm Maren ein. „Besuch, ja, Mensch, gut, dass Sie das sagen. Ich muss Sie leider bitten, Sie verstehen, sofort zu gehen. Äääh, was machen wir da? Äääh, geben Sie mir Ihren Namen, Adresse und Telefonnummer. Dann rufe ich Sie morgen an, und dann klären wir das mit meinem Minou. Tut mir leid. Der Besuch ist gewissermaßen geheim, Sie verstehen? Also, bitte." Mit sanfter Gewalt schob Jonas den perplexen Mann zur Tür hinaus.

„Aber …" Der Mann fühlte sich überrumpelt.

„Die Belohnung kriegen Sie morgen. Danke und ade", schickte ihm Jonas hinterher. Plötzlich schwitzte er. Es war elf nach vier. Jonas drehte sich um und fixierte Minou in der Box. *Du bist doch Minou, oder nicht?*

Es klopfte erneut an der Tür. Jonas schnaubte: *Was will er denn noch? Ich hab´ ihm doch gesagt, dass ich morgen zu ihm komme.* Er riss die Tür auf. „Hören Sie, ich … oh, hallo Maren …"

*

23. *April 2022*
Maren/Jonas.
„Hallo Jonas", antwortete sie. Jonas sah nicht eben so aus, als ob er gerade sie erwartet hätte. „Hier bin ich", sagte sie keck. „Erinnerst du dich? Samstag in

drei Wochen? Um vier Uhr? Tut mir leid, dass ich verspätet bin."

Jonas wischte mit einer Handbewegung seine Verlegenheit aus dem Gesicht. „Maren, nein, ich habe es natürlich nicht vergessen. Nur: Vor fünf Minuten ... ach, komm´ herein und lass´ es dir erzählen. Siehst du dort die Box auf dem Tisch? Das glaubst du nicht. Wie gesagt, vor fünf Minuten erst hat ein Mann ihn gebracht. Du müsstest ihn noch auf der Straße gesehen haben."

„Ja, einen älteren Mann hab´ ich aus dem Haus kommen sehen", bestätigte sie.

Jonas begleitete sie zum Tisch. „Ja, genau, der. Schön, dass du gekommen bist, Maren. Ich freue mich sehr. Du siehst wunderbar aus."

Maren achtete in erster Linie nicht auf das Kompliment, sondern näherte sich behutsam der Transportkiste. *Das kann jetzt aber nicht sein*, dachte sie und beugte sich zum Tier hin. „Das ist doch nicht möglich", flüsterte sie. „Das ist doch meine Katze. Miez miez miez, wie kommst du denn in diese Kiste hinein?"

Jonas konnte ihr nicht ganz folgen. *Von welcher Katze redete sie da?* „Äääh, du hast eine Katze, Maren?"

„Ja, eine Katze, die mich besucht. Also sie gehört nicht mir, aber es ist genau so eine Katze wie diese hier. Sie kommt und geht wann und wie sie will. Du hast den Buchenhag bei meinem Haus gesehen? Dorthin verschwindet sie immer."

„Aber das hier ist mein Minou. Er war mehrere Wochen vermisst. Ich habe ihn per Zeitungsannonce und mit Plakaten gesucht. Hier, schau selbst." Er zeigte ihr die vier Bilder, die er vom Kioskbesitzer Mühlstein zurückbekommen hatte.

Maren drehte sich zu den Bildern hin, die nebeneinander und zusammen mit ihrem Porträtbild auf dem Sideboard standen. Sie brauchte einige Sekunden, bis sie den Anblick verarbeitet hatte. Dann faltete sie die Hände und legte die Zeigefingerspitzen an die Lippen. „Das ist … das ist … gütiger Himmel, das ist …"

Jonas, plötzlich alarmiert, zeigte sich besorgt. „Was ist mit dir, Maren? Ist dir schlecht? Willst du ein Glas Wasser? Setz´ dich lieber mal hin."

Tatsächlich war es ihr ein bisschen schwindelig, denn ihre fahrige Hand suchte Halt an seinem Arm. „Ja, ich glaub´, ich muss mich setzen, Jonas. Verzeih´, aber es ist einfach fantastisch. Die Bilder, meine ich."

Er führte sie sanft zu einem Stuhl. „Was ist mit den Bildern?", fragte er unbedarft nichtsahnend.

„Aber Jonas", tadelte sie ihn, „die Bilder. Siehst du es denn nicht? Welche Tiefe sie haben?"

„Tiefe? Von was redest du?", fragte er verständnislos.

„Aber ja doch. Die Tiefe. Als würden die Katzen und die Frau aus einem Loch in der Wand direkt in diesen Raum springen."

Es verschlug Jonas die Sprache. Ja, er war fassungslos über Marens Aussage. *Aus einem Loch in der Wand? Zuletzt hatte sein alter Kunstprofessor Liebreuther, Gott hab´ ihn selig, von einem Loch an der Wand gesprochen. Was hatte er genau gesagt? „Niemand, Maler Baumann, wird sich jemals eines Ihrer verkorksten Löcher an die Wand hängen. Merken Sie sich das!"* Jonas erinnerte sich, als sei es gestern gewesen. Und jetzt sprach Maren von einer Tiefe. Meinte sie gar die – *Baumann´sche Tiefe?*

Das wäre ja … Das wäre ja … Bedeutete das eventuell …? Jonas gebrauchte beide Hände, als würde er einem riesigen Orchester das leiseste aller leisen Pianissimos dirigieren müssen. Er beugte sich weit nach vorne, spielte sensibel mit den Fingern, kitzelte die leisesten Töne aus dem Klangkörper und kroch beinahe in Maren hinein. „Entschuldige, Maren, dass ich so … aber das ist jetzt sehr wichtig: Du siehst also eine Tiefe im Raum des Bildes? Dreidimensional?"

„Ja, eindeutig. Auch bei dem Porträtbild der Frau ist es so", antwortete sie ehrlich.

Er räusperte sich. „Hhrrmmh, du weißt aber schon, dass du das bist auf dem Bild?"

Ihr Blick wurde sanft. „Das soll ich sein? So schön hat mich noch keiner gesehen, Jonas. Ich fühle mich … ich bin gerührt."

„Danke, aber so siehst du nun mal aus. Wenn du willst, machen wir ein richtiges Gemälde daraus. Du sitzt mir Modell, und in ein paar Stunden ist es fertig.

Aber nochmal zurück zu der Tiefe. Du musst verstehen: Ich habe seit drei Jahren kein Bild mehr gemalt. Weil ich mit nur einem Auge auch nur eindimensional sehen kann. Früher waren meine Bilder, naja, nicht gerade berühmt, aber gefragt. Der Tiefe wegen. Und ich hatte geglaubt, dass ich die Fähigkeiten durch den Verlust des Auges verloren hätte.

Diese fünf Bilder – vier Katzen und du – sind die ersten, die ich seither gemalt habe. Und du siehst mit zwei gesunden Augen, dass die Perspektiven noch wirken. Das ist für mich, gelinde gesagt, ein Wunder und quasi die Rettung meines Künstlerlebens. Nichts Geringeres als das."

Maren sah ihm an, wie sehr ihn das Thema bewegte und war weit entfernt davon, sein Verhalten als Masche zu bezeichnen. Sie hätte ihn gerne gefragt, was vor den drei Jahren, als er aufhörte zu malen, geschehen war. Aber so gut kannten sie sich noch nicht, als dass man intimste Fragen stellte. *Vielleicht erzählt er es mir gelegentlich aus freien Stücken*, dachte sie und traute sich stattdessen, mit dem ominösen Zaunpfahl zu winken: „Sag´ mal, hattest du nicht etwas von Einladung zum Essen gesagt? Ich muss leider gestehen, dass ich Hunger habe."

*

Jonas spülte das Geschirr, und Maren trocknete ab. Die Katze stromerte durch die Wohnung, als sei sie zum ersten Mal hier. Minous Lieblingsfressen hatte sie verweigert, sich dafür an einem anderen Futter vollgefressen.

„Komisch", sagte Jonas, „Thunfisch in Gelee hat er noch nie abgelehnt. Ich bin mir gar nicht mehr sicher, ob es tatsächlich Minou ist."

„Bestimmt ist er es", versicherte Maren, um ihm die Zweifel zu zerstreuen. „Und die Katze, die mich besuchte, war **dein** Minou. Es kann gar nicht anders sein. Du hast ja auch die Bilder nach ihm gemalt."

„Ha, aus dem Gedächtnis, Maren. Ich bin kein Fotoapparat."

„Trotzdem. Wenn er mehrere Wochen nicht mehr hier gewesen ist, hat er eventuell manches vergessen."

„Aber nicht das Lieblingsfutter. Schau wie er herumschnüffelt. An der Katzenklappe. Minou wusste, wie sie funktioniert."

„Wir werden sehen. Jetzt lassen wir ihn mal in Ruhe ankommen. Oder was sollen wir sonst tun?"

„Ja, du hast recht. Lassen wir ihn ankommen", antwortete Jonas, dem aufgefallen war, dass Maren in der Mehrzahl gesprochen hatte. Von **wir**. Und er fragte sich, ob er diesem kleinen, vielleicht nichtssagendem, vielleicht vielsagendem Wörtchen eine Bedeutung zumessen sollte.

Das Essen war großartig gewesen. Spargel mit Sauce Hollandaise und zerrissenen Pfannkuchen, den sogenannten *Kratzete*. Dazu erster Frühlingssalat.

Maren hatte ihm bewundernd beim Kochen zugeschaut und sich köstlich amüsiert. Er hatte *Die Meistersinger von Nürnberg* von *Robert Wagner* aufgelegt und in bekannter Manier begleitet. Didididi, Dededede. Aus Rücksichtnahme auf Maren mit reduzierter Lautstärke.

„Jonas, das war richtig gut und richtig schön", sagte sie nach dem letzten Bissen. „Das können wir gerne wiederholen. Aber so perfekt wie du koche ich nicht, nur damit du vorgewarnt bist."

„Ganz wie du willst, Maren. Es freut mich sehr, dass du meine Einladung angenommen hast und mein Gast warst – äääh, bist, pardon." Nun, nach dem Essen, brannten ihm eine Menge Fragen unter den Fingernägeln, insbesondere nach dem Grund ihrer langen Abwesenheit. Doch gebot es der Anstand, es zu unterlassen. *Irgendwann wird sie es mir schon sagen.*

Maren dagegen lenkte ihre Aufmerksamkeit auf eine merkwürdige Installation an der Trennwand zur ehemaligen Güterhalle. Dort hing in Kopfhöhe ein goldfarbener Bilderrahmen mit einer über Eck gebundenen Trauerschleife. Aus der Mitte des Rahmens ragte eine dünne, offensichtlich beschädigte, halbrunde Scheibe in den Raum. „Ist es arg unhöflich, wenn ich dich nach der Bewandtnis des Rahmens dort an der Wand frage? Ein Trauerflor? War das Bild eines Verstorbenen dort aufgehängt?"

Jonas ließ einige Sekunden der Sammlung verstreichen, ehe er antwortete. „Komm´ mit", forderte er Maren auf und ging mit ihr vor den

Rahmen. „Wie du weißt, war dieses Haus früher ein Bahnhof. Mein Vater war Bahnhofsvorstand und Fahrdienstleiter, Stellwerker und Fahrkartenverkäufer in Personalunion. Ich bin hier aufgewachsen."

Er zeigte mit dem Finger auf eine Besonderheit. „Siehst du den länglichen Schlitz unter der Trennscheibe? Nun, einer der liebsten Sprüche meiner Mutter war: *Hast du eine junge Frau und ein altes Haus, geht dir die Arbeit niemals aus.* Mutter und Vater sind leider schon gestorben, eine junge Frau habe ich nie gehabt. Aber das Haus, das habe ich behalten. Ich wollte einen Durchgang von diesem Zimmer zur benachbarten Güterhalle schaffen. Also habe ich einen sogenannten Winkelschleifer und eine Trennscheibe genommen. Zwei Faktoren, die nicht miteinander harmonierten. Der Winkelschleifer zu klein, die Trennscheibe zu groß.

Mein Plan war, mit einer Trennscheibe von ausreichendem Durchmesser ein Loch für einen Durchgang in die Wand zu schneiden. Aber die Scheibe, einmal auf Drehzahl gebracht, entwickelte in meinen Händen eine unerwartete Energie, sodass ich die Maschine kaum bewältigen konnte. Als ich die Trennscheibe dann an die Wand setzte, daher der Schlitz, zerfetzte es sie nach wenigen Sekunden. Dummerweise flog mir ein Splitter ins rechte Auge und zerstörte es. Der Rahmen und der Trauerflor steht also für mein verlorenes Auge, und die Trennscheibe als ewige Warnung. Ich habe den Plan mit der Durchgangstür dann ad acta gelegt."

„Das tut mir sehr leid, Jonas", sagte Maren. „Du trägst die Augenklappe, weil …?"

„Was meinst du damit?", fragte er.

„Weil das Auge nicht hatte gerettet werden können? Weil eine Prothese aus Kunststoff- oder aus Glas nicht möglich gewesen war?"

Jonas senkte den Kopf. Er hatte nicht damit gerechnet, heute von einer existenziellen Frage eingeholt zu werden, auf die er schon vor drei Jahren keine Antwort parat gehabt hatte. Er hatte schon immer Mühe bekundet, sich selbst die Antworten zu geben. Jemand anderen hatte es einfach nicht interessiert, was es ungleich schwerer werden ließ, auf Marens Fragen einzugehen. Doch es kam für ihn, in Anbetracht des zart keimenden Pflänzchens der Beziehung, überhaupt nicht in die Tüte, ihr eine Lüge aufzutischen.

Ja, er musste eingestehen, dass er damals die falsche Entscheidung getroffen hatte. Aus aktueller Sicht falsch in jeder Beziehung. Die Beweggründe von damals jedoch nachvollziehen, das mochte er heute höchst ungern. Sie hatten viel mit Scham zu tun, eine Menge mit Trotz und Starrsinn, und einen Haufen von fehlgesteuertem Stolz. Nicht zu unterschlagen jene paar bizarren Prozentpunkte, deren er sich ganz besonders unbehaglich fühlte: Nämlich zu spekulieren, dass er als körperbehinderter Künstler, er mochte an *Vincent van Gogh* gedacht haben, Berühmtheit erlangen könnte. Als der Maler mit der Augenklappe. Darüber zu reden war jedoch ein absolutes No-Go.

Er war heute ein anderer Mensch. Würde vieles anders machen. Es schmerzte ihn sehr, dass er sich ausgerechnet an diesem Tag mit seiner fatalen Vergangenheit konfrontiert sah. Aber würde es dazu früher oder später nicht sowieso kommen? Dann, wenn er sich Maren zu erkennen geben würde? Dass er sie mochte?

Der Kopf schwer wie Blei, gelang es ihm dennoch, ihn zu heben. Mit dem gesunden Auge schaute er sie flehend an. „Wenn ich dich bitten würde, Maren – würdest du mir helfen?"

*

Der Abend hatte sich länger ausgedehnt, als beide gedacht hatten. Es war knapp nach elf Uhr, als Maren nach Hause aufgebrochen war. Sein Angebot, sie aus Sicherheitsgründen zu begleiten, hatte sie abgelehnt. „Du bist lieb, Jonas, aber das schaff´ ich schon." Dafür hatte sie ihn auf den nächsten Tag zum Kaffee eingeladen.

Bis auf die etwas diffizile Situation zum Anfang des Besuchs, als es um die Geschichte der Augen-klappe ging, *du wirst dich mal noch um Kopf, Kragen und Glück reden, Maren,* war der Abend sehr schön gewesen. Er hatte von seiner Liebe zur Musik erzählt, und Maren von der Idee, ein Buch schreiben zu wollen. Dabei hatten sie Rotwein getrunken und Salzgebäck verzehrt, und im Nu war die Zeit verflogen. Gemütlich war es gewesen und zwanglos, und keiner von beiden hatte sich bemüßigt gesehen, mehr aus dem harmlosen Treffen herausholen zu wollen, als geschehen war. Zum Beispiel durch körperliche Nähe oder durch Anzüglichkeiten. Obwohl Maren durchaus den Eindruck gewonnen hatte, dass **er** einem kleinen bisschen Zärtlichkeit oder einem romantisch angehauchten Tête-à-Tête nicht abgeneigt gewesen wäre. Einen ersten Schritt dazu, so viel hatte Maren gleich gespürt, hätte er jedoch nie getan. Aber es war gut so, wie es ausgegangen war. Freundschaftlich zugeneigt.

Sie kannten sich ja kaum. Oder besser gesagt: so gut wie nicht. Was sie gemeinsam hatten, das war die Reserviertheit gegenüber dem anderen. Maren dachte an die wunderlichen Begegnungen auf dem Trampelpfad am See. Dass er unter Umständen leicht gestört oder exzentrisch sein könnte, stand für Maren nicht zur Debatte. Von Langweilern und Langeweile hatte sie in der Vergangenheit genug gehabt. Wenn sie überhaupt etwas brauchte, und das war noch lange nicht in Blei gegossen, war … Stopp! Falsche Abzweigung. Im Grunde **brauchte** Maren gar nichts. Aber wenn es etwas gab, wonach sie sich sehnte, dann war es, um es auf einen Nenner zu bringen, Geborgenheit. Einfach geborgen zu sein. Der Kauf des kleinen Häuschens war ein wichtiger Schritt in diese Richtung gewesen. Auch eine Katze im Haus konnte sie sich optimal gut vorstellen. Und einen Mann? Möglicherweise Jonas?

Er hatte sein eigenes Haus. Wahrscheinlich hing er dran wie sie selbst an ihrem. Eines stand für Maren indessen fest: Ihr Häuschen würde sie auf keinen Fall aufgeben. Nicht, um beispielsweise dauerhaft bei Jonas einzuziehen. Und so wie sie sich das eine nicht vorstellen konnte, wollte sie Jonas keinesfalls dauerhaft bei sich im Hause wohnen haben. Dazu war es viel zu klein. Nein, das ging nicht. Partout nicht.

Was also brauchte es, um alles zu bekommen? Geborgenheit, Katze, Mann und Haus?

Richtig. Es brauchte einen Plan. Organisation. Ordnung. Kurz: Ein Arrangement.

Als Maren über den Rücken der Seitenmoräne schritt und im Mondenschein das Häuschen zu ihren Füßen stehen sah, war es halb zwölf Uhr. Sie war sehr mit sich im Reinen. Früher wäre ihr das nie gelungen, so klar zu formulieren, was sie eigentlich wollte. Punkt für Punkt. Früher wäre sie ein Papierschiffchen auf einem Ozean gewesen. Ein Blatt im Sturm. Jetzt, in späten Jahren, jedoch noch nicht zu spät, fühlte sie sich nicht länger als Spielball der Elemente. Jetzt war sie es, die das Steuer in den Händen hielt. Und das fühlte sich richtig stark an. Ja, stark, denn sie war eine starke Frau geworden.

*

Jonas goss den Rest des Weines in ein Glas. Maren war nach Hause gegangen. Der Abend mit ihr hing ihm nach.

Zu besonderen Anlässen, und diesen Abend hielt er für einen solchen, hatte er früher einen Zigarillo geraucht. Nur lag das letzte tabakwürdige Highlight schon länger als drei Jahre zurück. Aber er erinnerte sich daran, wo er die Glimmstängel aufbewahrte. Mit einem Griff in die Schublade des Sideboards hatte er die Zigarillos und ein Feuerzeug in der Hand. Damit und dem Glas Wein verzog er sich nach draußen auf den Bahnsteig.

Lange nicht geraucht, verursachte der erste Zug am Zigarillo Schwindel im Kopf. Aber bereits beim zweiten Zug schon stellte das Gehirn das Remember-Programm ein und schaltete auf Genuss um. *Ich sollte das öfter haben*, dachte er. *Mehr von diesen besonderen Anlässen.* Zwar hatte er einmal gehört, dass man Zigarrenrauch nicht inhalieren, sondern nur paffen sollte. Jonas hielt diese Beschränkung allerdings für hinausgeworfenes Geld, ungefähr genauso wie ein halber Alkoholrausch. Er probierte einen Rauchring zu produzieren, doch der kollabierte in einem Hustenanfall.

Seine Gedanken waren bei Maren. Er befürchtete, dass er sich beim Kochen mit den ihm eigenen Interpretationen von klassischer Musik zum Affen gemacht hatte. Sie hatte zwar aus vollem Hals gelacht, aber was sagte das schon aus? Dass sie eine gehörige Portion Spaß vertrug?

Nach dem Essen, sozusagen beim gemütlichen Teil des Abends, hatte er darauf verzichtet, Faxen zu machen. Zu viel wäre zu viel gewesen, und außerdem war er ja eher von ernsthafter Natur und kein Suppenkasper. Seriös. Er hatte den Eindruck gehabt, dass Maren das durchaus goutiert hatte.

Gute Gespräche. Etwas, nachdem er gelechzt hatte. Maren hatte sich als wunderbare Gesprächspartnerin erwiesen. Mit Sinn und Geist, völlig ohne Hang zu Besserwisserei oder zu Hochnäsigkeit. Außerdem eine begnadete Zuhörerin. Was nicht heißen sollte, dass sie erschlagen und ergeben seinen Monologen lauschte. Freilich hatte er über seine Kunst referiert. Sachlich, aber nicht lähmend. Und selbstverständlich hatte sie über ihre Arbeit als Lehrerin gesprochen. So haben unzählige Anekdoten die Plätze gewechselt, wie Pingpong über den Tisch, der zwischen ihnen war, hin und her.

Der Tisch zwischen ihnen.

Alles in Ordnung. Alles okay, beschwor er vollmundig seine Akzeptanz. Im Schein des Mondes betrachtet, der die alten Gleise glänzen ließ wie die Stahlseiten einer Gitarre, kam die Beschwichtigung allerdings auf wackligen Beinen daher. Denn jaaaa, ein bisschen mehr Seite an Seite … gell?, aber so war es nicht, und es war gut so – und er konnte damit leben.

Maren. Beim Abschied hatten ihre Lippen seine Wangen gestreift. Er dachte vergleichsweise nicht, dass, wer den kleinen Finger reichte, auch die ganze Hand zu geben bereit war. Nein, das war nicht sein erster Gedanke. Doch als sie weg war, hatte er mit seiner Hand die Stellen links und rechts berührt, und an den Fingerkuppen gerochen. Und, bei allen

Schutzheiligen, hätte sie das getan, wenn sie ihn nicht gemocht hätte?

Mit Maren in Kopf und Herz richtete er sich auf der Sitzbank bequem ein, und umwölkt vom Rauch des Zigarillos bemerkte er in der kommoden Situation nicht, wie die Katze, von der er nicht zur Gänze überzeugt war, dass es sich um seinen Minou handelte, sich klammheimlich aus der Wohnung schlich.

*

24. April 2022
Maren/Jonas.
Mitten in der Nacht jagte es Jonas plötzlich aus dem Schlaf hoch. Was ihm während Marens Anwesenheit, in der ihn ihre Gesellschaft verständlicherweise in Anspruch genommen hatte, fast vollständig abhandengekommen war, war die Wiederentdeckung seiner künstlerischen Fähigkeiten. Die Auferstehung des Jonas Baumann. Oder feiner ausgedrückt: seine Renaissance.

Sie war praktisch unter ihren Gesprächen, obwohl auch über seine Kunst geredet wurde, verschütt gegangen. Und später hatte es für ihn eigentlich nur noch sie gegeben. Maren.

Nun aber, die Morgendämmerung des Sonntags lag noch eine Stunde hinterm östlichen Horizont, trieb es ihn aus den Federn. Noch im Schlafgewand, eilte er ins Atelier. In fieberhafter Eile stellte er eine

Leinwand mit fünfzig auf siebzig Zentimeter auf ein Stativ. Behände übertrug er die Skizze mit Marens Gesicht auf die Leinwand, um danach traumwandlerisch sicher mit Palette und Farben zu hantieren, als hätte er nie aufgehört. Er malte wie er kochte. Kräftig der Pinselstrich, schwelgerisch geradezu, wo verlangt. Dagegen agierte er penibel sensibel in den feinen und zarten Partien, die aus einem flachen unpersönlichen, auf vier Milliarden Frauen zutreffendes Gesicht, ein einzigartig lebendiges und unverwechselbares Original erstehen ließen. Ein *Jonas Verkork Baumann.*

Jonas zitterte vor Erregung. Atemlos trat er von dem Gemälde zurück, und von Adrenalin berauscht betrachtete er den künstlerischen Erguss. War er das Opfer einer Illusion? Oder war es wirklich möglich, dass er seine Malerei mit Marens Augen sehen konnte? Aus ihrer Perspektive? Dass er wieder malen konnte?

Von der Intensität künstlerischen Schaffens erschöpft, glitt er zwischen Wachheit und Müdigkeit in einen tranceähnlichen Zustand. So wie er ihn von früher her kannte, wenn er in manischer Verfassung stundenlang, ja, tagelang gearbeitet hatte, ohne zu essen, wohl aber zu trinken, ohne den Wechsel zwischen Tagen und Nächten zu bemerken. Damals hätte er keine Partnerin gebrauchen können. Respektive keine Partnerin hätte es mit ihm ausgehalten. Er war mit der Kunst liiert gewesen. Mit den Farben, mit den Leinwänden, mit den Motiven, die es einzufangen gegolten hatte.

In eine solche Manie durfte er künftig vor lauter Glück nicht wieder verfallen. Darüber musste er mit Maren sprechen. Dass sie auf ihn aufpasste. Natürlich nur, wenn sie damit einverstanden war, denn mit Kindern hatte sie während ihrer Berufszeit ja genügend zu verantworten gehabt. Dann wird sie sich jetzt bestimmt kein vierundfünfzigjähriges Kind mehr aufdrängen lassen.

Sie hatte schon auch von sich erzählt. Von der einmaligen gescheiterten Ehe und von ihrem Beruf. Er wusste nun, dass sie gerne Jazz hörte, bevorzugt den Saxophonisten John Coltrane, und heute noch eine Gänsehaut bekam, wenn sie *Joe Cockers* Auftritt beim *Woodstock-Festival* im Jahr 1969 auf Video sah und hörte. *With A Little Help From My Friends.* Dass sie gerne nach Schweden reiste und passenderweise schwedisch sprach.

Worüber sie sich jedoch in Schweigen gehüllt hatte, war, weshalb sie nicht mehr unterrichtete. Warum sie in Pension gegangen war und wo sie sich die letzten drei Wochen aufgehalten hatte. Jonas wusste, dass Maren wusste, dass er das zu gerne erfahren hätte. Doch sie ließ ihn in dieser Beziehung am ausgestreckten Arm verhungern, wie man so schön sagte.

So tippte er, da er an plötzlichen Reichtum nicht glaubte, auf Burn-out. Es war wie meistens: Wer in seinem Beruf aufging; wer mehr tat als verlangt; wer sich zeitlebens engagierte – den holte Burn-out rechtzeitig ab, bevor es zu spät war. Allerdings verschwanden krankheitsbedingt so auch die allerbesten Kräfte auf dem Arbeitsmarkt.

Aber naiv war Jonas nicht. Freilich war er sich darüber im Klaren, dass es neben Burn-out auch andere Gründe gab. Und ebenso klar war, dass er kein Anrecht auf irgendwelche Informationen von Seiten Marens hatte. Sie waren einander weder versprochen noch auf andere Art miteinander verbunden. Es existierten keine Verträge, nicht schriftlich und nicht mündlich, und wenn sie ihn in keines ihrer Geheimnisse einweihte, dann hatte er das zu respektieren. Aus die Maus.

Als er ins Badezimmer ging, ahnte er im Voraus, dass ihn kein schöner Anblick erwarten würde. Nach mehr oder weniger durchwachter Nacht sah er relativ alt aus. Und üppig Zeit bis zu ihrem nächsten Treffen am frühen Nachmittag blieb ihm nicht mehr.

Kalt zu duschen hatte er schon immer gehasst, doch heute musste er auf die harte Tour in die Puschen kommen. Bevor er sich die Tortur antat, platzierte er einen Heizlüfter vor Marens Porträt. Normalerweise würde er eine sanfte Trocknung der Farbe über mehrere Tage vorziehen. Da er das Gemälde heute jedoch als Geschenk mitbringen wollte – er wüsste sonst nicht was – musste die technische Warmluft die Trocknung beschleunigen.

Und dann, nach einem hingeschluderten Frühstück ohne jegliche Freude, war es so weit. Er machte sich, Marens Geschenk in Packpapier unter dem Arm, zu Fuß auf den Weg zu Marens Häuschen.

Kater Minou indessen hatte er den ganzen Morgen nicht gesehen.

*

„Du siehst müde aus, Jonas", sagte Maren bei der Begrüßung. „Hast du nicht gut geschlafen?" Erst danach hauchte sie ihm zwei Küsschen auf die Wangen.

„Danke der Nachfrage. Gut, aber zu kurz." Er grinste schief und wechselte das Paket vom linken Arm unter die rechte Achsel.

„Was bringst du denn mit? Hast du eventuell gemalt?"

„Für dich", brummte er und überreichte ihr den Pack hüftsteif und umständlich. „Das Gleiche, wie du gestern gesehen hast. Nur diesmal in Farbe."

„Wow, da bin ich aber gespannt. Komm´ rein, dann kann ich es anschauen." Sie schwang elegant herum und stolzierte ihm voraus.

Drinnen war das Gemälde schnell ausgepackt. Angesichts des Bildes holte Maren tief Luft und hielt sekundenlang den Atem an. Dann atmete sie aus und sagte: „Es ist, als würde ich in einen Spiegel schauen. Du hast dir sogar gemerkt, was ich gestern für eine Bluse getragen hab´. Deswegen hast du nicht geschlafen, weil du gemalt hast. Es … ich bin überwältigt, Jonas. Und das soll ich haben?"

„So hab´ ich´s mir gedacht", antwortete er.

Sie musterte lange sein Gesicht. „Das kann ich nicht erwidern, Jonas", flüsterte sie dann, stellte sich auf die Zehenspitzen, legte ihre Hände auf seine Schultern und drückte ihm einen Kuss auf den Mund.

„Hm, wenn das so ist, dann male ich ab jetzt nur noch Bilder für dich", antwortete er und lächelte schelmisch.

„Ja, es ist so", gab sie ihm retour, „und darum musst du jetzt bestimmen, wo es hängen soll."

Ein Platz für das Bild war rasch gefunden. Noch in der gleichen Stunde hing es als Blickfänger in Marens Wohnzimmer. Maren und Jonas standen Seite an Seite und bewunderten das Werk. „Danke", sagte sie.

„Bitte", sagte er.

Maren kicherte und legte ungeniert ihren Arm um seine Hüfte. „Genug geflirtet für heute. Komm´ mit zum Kaffee. Ich habe Kuchen gebacken."

„Gottseidank, ich habe nämlich einen Mordshunger."

Sie gab offen zu, dass es sich um eine Backmischung aus dem Supermarkt handelte. Marmorkuchen. Jonas war das schnurzegal und er bediente sich nach Kräften.

Nach anfangs lockerer unverfänglicher Plauderei steuerte Maren die Unterhaltung auf das Thema Garten zu. „ … und wie du dir denken kannst, habe ich von Gartenarbeit gar keine Ahnung. Du bist immerhin hier aufgewachsen."

„Ja, da gerätst du an den Richtigen. Ich meine, an den Falschen. Denn mir ergeht es wie dir: keinen blassen Dunst von anständiger Arbeit. Was ich weiß, ist, dass der Boden um dein Haus herum sogenannter Geschiebemergel ist. Vom Gletscher hier abgeladen. Fruchtbarer …"

„Glaubst du, er kommt wieder?"

Jonas war irritiert. „Wen meinst du?"

„Den Gletscher. Neuen Geschiebemergel abladen."

Jonas war aus dem Konzept gebracht. Bis er merkte, dass Maren sich eines uralten Witzes bedient hatte.

„Da du grade von glauben sprichst. Ich glaube, hier hat es jemand faustdick hinter den Ohren."

Maren kicherte selig. „Und ich glaube, dass ich fünfzig Jahre lang genau auf diesen Moment gewartet habe. Den Gletscherwitz anzubringen. Man darf halt nie aufgeben. Entschuldige, Jonas, ich konnte nicht anders. Ich durfte ihn mir nicht entgehen lassen. Du kannst übrigens fortfahren. Hihihi. Fruchtbarer …"

Sieh´ einer an. Maren ist also auch ein Schlitzohr, dachte Jonas und fand es höchst amüsant. „Fruchtbare Boden, ohne Zweifel, doch du musst mit vielen Steinen rechnen. Geröll, größere Brocken, und so weiter, und du siehst von oben nicht, wo sie liegen. Ich will damit sagen, dass man vielleicht kein zusammenhängendes Pflanzbeet zustande bekommt."

„Ach so, wenn das so ist? Auf schnurgerade angelegte Beete kann ich verzichten. Fläche hab´ ich ja zur Genüge. Mich würde es nicht stören, naja, sagen wir mal, Pflanzinseln anzulegen. Hier ein Gemüse, dort ein Salat, hüben Kräuter, drüben Blumen – verstehst du, was ich meine?“

„Würde passen. Aber wird dir das nicht zu viel? Gärtnerin und Schriftstellerin sein?“

„Jonas, ich habe doch jede Menge Zeit. Und ich brauche Bewegung. Wenn ich den ganzen Tag nur an der Schreibmaschine sitze, werde ich noch rumpelfett. Und zudem dachte ich, ja, ich hab´ gedacht, dass du dich vielleicht an dem Gartenprojekt beteiligen könntest.“ Marens breites Grinsen war sowohl frech als auch ausgefuchst. „Das geerntete Gemüse teilen wir uns selbstverständlich. Ist das nicht Verlockung genug?“

Sag´ ja, Mensch! Sag´ bloß ja! Dann hast du einen Fuß in der Tür zum Glück. Solch ein Angebot kriegst du nie wieder. Jonas Miene drückte zwar aus, als müsste er sich eine Zusage schwer überlegen, doch unter der Haut wurde er vor Triumph knallrot.

„Okay“, mühte er sich träge über die Zunge, „aber ich verlange dafür eine Gegenleistung.“ *Bist du bescheuert?*, meldete sich sein wachsames *Empörium.*

”Die da wäre?”, fragte Maren gedehnt, aber mit tiefem Timbre zurück. Ihr gefiel das Spielchen um Angebot und Nachfrage und bemerkte, dass Jonas die Spielanleitung bestens kannte.

„Ich bitte dich, mein zweites Auge zu sein. Denn ich habe vor, wieder mit der Malerei zu beginnen. Und da möchte ich, dass **du** meine Bilder vorab siehst, bevor sie in die Galerie oder zu Ausstellungen wandern."

„Oh, ob ich das kann?", erwiderte sie mit gespielter Schüchternheit.

So, Jonas, jetzt hast du den Salat, reagierte der Zocker in ihm und legte die letzte Karte auf den Tisch. „Doch, du kannst es", sagte er. „Es geht um die Tiefe."

Maren streckte ihm die Hand entgegen. „Gut. Abgemacht, Jonas Baumann. Der Deal heißt Garten gegen Auge."

Obwohl Sonntag, maß Jonas unter Marens kritischen Augen eine Fläche für die künftige Terrasse vor der Wohnzimmertür ab. Mithilfe von sechs in den Boden gesteckten kurzen Stäben, die er im Buchenhag gefunden hatte, markierte er die Ränder mit gespannten Schnüren. Als strikter Gegner aller rechten Winkel gestaltete er einen halbkreisförmigen Bogen heraus. Nicht faul, entledigte er sich der Jacke und ebnete die Erde mit Harke und Rechen.

„Mit zehn Natursteinplatten werden wir nicht weit kommen", schnaufte er nach einer guten Weile. Unter den Achseln und auf dem Rücken zeichneten sich Schweißflecken auf dem Hemd ab. „Ich empfehle auch Kies als Plattenunterlage. Wenn du einverstanden bist, kümmere ich mich darum."

Maren begutachtete das vorläufige Werk. „Ja, tu das. Aber ich bezahle."

Womit sie die Grundregel aller Hand- und Heimwerker begriffen hat: Wer bezahlt, der befiehlt, dachte er und produzierte ein feines Lächeln.

„Was hast du gerade Hübsches gedacht?", fragte sie, leger an der Hauswand lehnend, das rote Haar wie eine Feuerlohe im Sonnenlicht.

Mit dieser ihrer fotogenen Haltung belichtete er seine Festplatte. *Mein lieber Herr Gesangsverein, wie kann eine einzelne Frau nur so schön sein?,* dachte er. „Willst du die Wahrheit hören oder ein Kompliment?"

„Sag´ du es mir, Ritter des verschwitzen Hemdes." Auf einmal waren Dinge so unkompliziert.

„Ich habe gedacht, wie schön du bist." *Puuh, jetzt ist es raus.*

Es vergingen mehrere Sekunden, in denen die Welt den Atem anhielt. „War das ein Kompliment?", fragte sie in ihrer Altstimme.

„Nein, Maren.

Noch vor einem Monat wäre es ihr unangenehm gewesen, eine derart verklausulierte Antwort zu erhalten. Nicht nur unangenehm, sondern auch aufdringlich und anmaßend. Heute jedoch traute sie diesem Mann, der auf einen Gartenrechen gestützt vor ihr stand und schwitzend ausdampfte, keine Testosteron gesteuerten Absichten zu. Wie er zudem überhaupt nicht der Typ zu sein schien, der auf eine schnelle Eroberung aus war. Maren verlegte sich deshalb auf einen angedeuteten Handkuss und fragte kumpelhaft: „Und? Bleibst du zum Abendessen?"

Im gleichen Moment nahm sie am Rande des Buchenhags eine Bewegung wahr. „Pssst", machte sie Jonas darauf aufmerksam, „hinter dir. Dein Minou ist wieder da."

Jonas war geblieben. Minou nicht. Der hatte, als Maren und Jonas sich ihm lockend genähert hatten, vorsichtshalber Reißaus genommen. Ab durch den Hag.

„Ich verstehe das nicht. Von meinem Haus bis hier ist es doch mindestens ein Kilometer. Er muss doch irgendwo fressen. Das bisschen Trockenfutter, das er bei mir vertilgt hat, kann ihm doch unmöglich reichen. All die Wochen, die er verschwunden war, meine ich. Da fällt mir ein, dass ich heute dem Mann noch den Finderlohn vorbeibringen will."

„Lustig. Für eine Katze, die schon wieder ausgebüxt ist. Könnte zu einem lukrativen Geschäftsmodell ausarten", ätzte Maren. „Wenn du willst, komm´ ich mit. Unter dem Motto: Zu zweit sind wir stärker. Kleiner Abendspaziergang."

„Danke, gerne, aber ich möchte dich nicht über Gebühr … na, du weißt schon."

„Du entwickelst dich langsam zum Meister der unvollendeten Sätze, Jonas. Wenn ich es dir anbiete, darfst du ruhig davon ausgehen, dass ich es gerne tue. Du überanstrengst mich nicht."

Er schluckte und nickte. „Gut, dann …"

„Hab´ einfach mehr Mut, Jonas", unterbrach sie ihn. „Wir sind, wer wir sind. Du bist einer von den Guten. Das sehe ich. Zerbrich dir nicht den Kopf, was alles möglich oder unmöglich sein kann. Überlege nicht, was oder wieviel du mir zumuten darfst. Lassen wir einfach alles auf uns zukommen. Dann sehen wir schon, was passiert."

„Aber …"

„Nix aber", sagte sie resolut und zupfte an seinem Hemd. „Ich glaube, du muffelst. Du kannst dich im unteren Badezimmer duschen. Wähle dir eins der Handtücher aus. Das bleibt dann deins. Ich decke in der Zwischenzeit den Tisch. Wie wär´s mit einem Glas Wein?"

Er hatte Herrn Gruber, der gestern den Kater gebracht hatte, einen Fünfzig-Euro-Schein gegeben.

„Wenn Sie ihn das nächste Mal bringen, dürfen Sie nicht mehr mit fünfzig Euro rechnen. Er ist nämlich erneut abgehauen."

„Mistviech", kommentierte Gruber kurz und schmerzlos.

„Wem sagen Sie das", erwiderte Jonas und tippte zum Gruß mit dem Zeigefinger an den Hutrand.

Ihre Wege trennten sich bei der Kirche. Maren bog nach rechts Richtung See ab, Jonas nach links zum Bahnhof.

„Komm gut heim", schickte er ihr hinterher.

„Mach ich, Jonas. Du auch", antwortete sie – und blieb noch einmal stehen. „Jonas", begann sie und wandte sich um, „ich möchte dir noch etwas Persönliches sagen: Das war ein schöner Tag. Und weißt du, was du fertiggebracht hast? Nein, woher auch. Dass ich mich auf diesen Frühling und diesen Sommer freue. Gute Nacht."

Gute Nacht, Maren, dachte auch er. Einerseits fühlte er sich wunderbar leicht und beflügelt – was nicht an den zwei Gläsern Wein lag, die er beim Abendesse getrunken hatte – andererseits spürte er eine gewichtige Schwere in Kopf und Brust, die ihm ein großes Ereignis vorankündigte. Er wusste weder wo, wann noch was. Nur dass es bereits unterwegs zu ihm war, dessen war er sich ganz sicher. Bemerkenswert daran war, dass es ihm keine Angst bereitete, und das wiederum bewirkte in ihm einen tiefen Frieden.

Kein Sonntag und kein Abend sind wirklich zu Ende, bevor nicht alles so gerichtet ist, wie es sein soll. Daran dachte Jonas, als er die Tür zu seiner Wohnung aufschloss. Denn direkt dahinter wurde er von einem Kater mit vorwurfsvollem Blick und kläglichem Miauen empfangen.

„Minou? Minou? Woher, du Teufelsbraten, kommst du jetzt?"

Der Kater strich ihm durch die Beine. Jonas tastete ihn mit der Hand ab. Er war erschreckend abgemagert. Das Fell verfilzt, voller Kletten und stumpf. Die Augenwinkel nass. Flugs füllte er den Futternapf mit Minous Lieblingsfutter. Und siehe da, der Kater fiel mit Heißhunger darüber her.

Dieses Tier, dachte Jonas, *ist nicht dasselbe wie das bei Maren gesehene. Aber es ist mein Minou. Daran gibt es nichts zu rütteln.* Rasch nahm er das Telefon zur Hand und wählte ihre Nummer.

„Jonas?", erklang ihre panische Stimme, „ist etwas passiert?"

„Entschuldige, dass ich dich störe, aber ich dachte, das solltest du wissen. Minou …"

*

April/Mai 2022
Maren/Jonas.
Es war ein Frühling, wie ihn Jonas noch nie erlebt hatte. Er konnte sich nicht erinnern, jemals so aktiv gewesen zu sein. Nicht mal so sehr als Maler und *Pöt*, sondern eher als Gärtner und Freiluftarbeiter.

Gehörten zu Beginn des Jahres noch die werktägigen Spaziergänge um den See zu seiner Bewegungstherapie, waren es mit Beginn der Gartensaison die körperlichen Arbeiten in Marens Garten. Die Kraftaufwendungen taten ihm ungemein gut. Trug er anfangs noch Muskelkater davon, gewöhnten sich die Muskeln von Tag zu Tag besser daran.

Ein einziges Mal hatte er einen Transport organisiert. Ein ihm bekannter Landwirt hatte ihm geholfen, mit dessen Traktor und Anhänger eine Fuhre Kies, Steinplatten und Pflanzerde zu Marens Grundstück zu bringen. Alle anderen Erd- und Steinbewegungen hatten Maren und er zusammen geschafft. Wenn es regnete, arbeitete Jonas an den

Staffeleien in seinem Atelier, während Maren ihre Funktion als *Zweites Auge* wahrnahm, und darüber hinaus ihm als Muse Gesellschaft leistete.

Mitte Mai war aus dem Areal rund ums Haus eine traumschöne Gartenlandschaft geworden. Die Inselchen, umrahmt mit den Gesteinsbrocken, die sie dem Gletschergeschiebe abrangen, luden zum weitläufigen Flanieren ein. Zum Ausruhen und Bestaunen der Pflanzen hatten sie diverse Sitzgelegenheiten in die Fläche gestreut.

Das Verhältnis zwischen Maren und Jonas hatte sich, oberflächlich betrachtet, zu einer wunderbaren Freundschaft gemausert. Vor allem Maren bewies, dass sie eine Pfundsfrau war und über einen feinsinnigen, oft aber auch einen neckischen Humor verfügte. So oft gelacht wie bei ihrer beider Zusammensein, hatte Jonas sein Leben lang nie, und er wollte sich nicht vorstellen müssen, diese unbeschwerte Freude zu verlieren.

In den Tiefen seines Wesens lauerte jedoch eine andere Größe, der er sich erwehren musste, wollte er das schöne Leben mit Maren nicht egoistisch aufs Spiel setzen. Freigeist, der er war, war er doch nicht davor gefeit, von Maren noch mehr zu verlangen, als er ohnehin schon von ihr bekam. Denn mit jedem Blick, den sie ihm schenkte; mit jeder Berührung, die geschah; mit jeder Minute, die sie zusammen verbrachten, verliebte er sich mehr in sie. Verliebte sich mehr und mehr und mehr, und betrat jeden einzelnen Tag aufs neu mit Liebe vermintes

Gelände, und jeder unbedachte Schritt konnte der letzte sein.

Bald würde er fünfundfünfzig Jahre alt sein, und er fühlte, wie sein Blut von Tag zu Tag dunkler und dicker wurde, und wie die Zeit, die er für Maren reserviert hatte, von Mal zu Mal schneller verrann als am Tag zuvor. So war Jonas glücklich und unglücklich zugleich, und er wusste nicht, wie er aus diesem Dilemma wieder herauskommen sollte.

Bis zu jenem Tag.

Hartes Arbeiten von der Schule gewohnt, war Maren nicht etepetete. Auch nicht vor schweißtreibendem Schuften im Garten. Sie fand regelrecht Gefallen daran und scheute nicht davor zurück, mit Brechstange und Pickel Gesteinsbrocken aus dem Erdreich zu wühlen und an eine vorbestimmte Stelle zu wuchten.

Die langen roten Haare zu einer luftigen Palme hochgesteckt, alte Jeans am Hintern und eins von Jonas ausrangierten Hemden übergezogen – sie gefiel sich in dieser Aufmachung.

Irgendwie lief alles wie geschmiert. Sie und Jonas waren die eigenen Arbeitgeber, und der Himmel der Diensteinteiler. Bei trockener Witterung, es brauchte nicht unbedingt den Sonnenschein, arbeiteten sie im Garten. Bei Regen in Jonas´ Atelier. Und Petrus als Wettermacher zeigte, die Schwere der Gartenarbeit berücksichtigend, ein feinfühliges Händchen. Denn sobald die physischen Reserven in die Nähe von Erschöpfung gelangten, verfügte er Kraft seines

Amtes, wie einen Segen, einen sanften Regen daher, der ihnen Zeit für die kreativen Künste bescherte.

Zum Glück waren sie beide nicht so besessen, dass sie die Arbeit über alles stellten. Sie gönnten sich die notwendigen Pausen meist bevor sie sich die verdient hatten, was in der Regel zu ihrer Belustigung beitrug.

Im Nu hatten sie Sonnenbräune angenommen. Und seit dem Abend, an dem Jonas angerufen hatte, dass sein richtiger Kater Minou zu Hause sei, waren sie täglich und ständig beisammen gewesen. Ausgenommen in den Nächten.

Maren hatte gegen diese Entwicklung nichts einzuwenden. Ihr gefiel die Zusammenarbeit mit Jonas. Er war weder stur noch arrogant, was er wegen seines Künstlerstatus vielleicht hätte zum Ausdruck bringen können, und er vertrat keine abstrusen politischen Meinungen oder hing irgendeiner Verschwörungstheorie nach. Trotzdem war er ein beredter Gesprächspartner, und man konnte mit ihm praktisch über Gott und die Welt quatschen. Maren wusste das sehr zu schätzen.

So gesehen befand sie sich mit Jonas zur eigenen Verwunderung in einer Situation, die recht stark einer dauerhaften Verbindung ähnelte. Dabei hatte sie vor kurzem noch Sorge tragen wollen, nicht wieder in einer Beziehungskiste zu landen. Was hieß **wieder**. Die letzte Kiste war die mit ihrem Ex-Ehemann gewesen, und das war über zwanzig Jahre her. In diesem Zeitraum hätten andere Frauen eine Kistenfabrik aufmachen können.

Sie fragte sich, was eigentlich den Unterschied ausmachte zwischen einer dauerhaften Verbindung und einer Beziehungskiste? Kulminierte es letztlich im Tatbestand, wo man die Nächte verbrachte? Oder wie? Allein oder zu zweit?

War sie mit Jonas befreundet? Vertraut? Oder mehr?

Maren war eine wache Frau und sah den pulsierenden Schimmer im Hintergrund von Jonas´ Auge, wenn er sich abends von ihr verabschiedete, sehr wohl. Und wenn ihre Interpretation davon stimmte, dann entdeckte sie darin eine gezügelte Leidenschaft. Aber für wen? Für die Malerei? Oder für sie als Frau? War das der logische Gang der Dinge, dem sie sich beugen musste? Musste sie sich von ihm trennen? Zum Schutz ihrer eigenen Werte? Durfte sie ihm das antun?

Es war ein Regentag gegen Ende Mai. Ein Samstag. Sie hatten sich zum Essen bei Jonas verabredet und zur anschließenden Bewertung einer Serie neuer Bilder, die er fertiggestellt hatte. Zwar rechnete er nach einem eigenen Schlüssel, um für die Gemälde einen Wert zu bestimmen. Eine Kombination aus den Maßen der verwendeten Leinwand, aus der Art der Farben, des Malverfahrens und der Arbeitszeit. Maren sollte ihre gefühlte Wertschätzung dagegenhalten. Quasi den gesunden Menschenverstand zugrunde legen.

Vier Gemälde waren zu Disposition gestanden, und sie hatten sich auf Preise zwischen dreitausendachthundert und viertausendsiebenhundert Euro geeinigt.

Jonas beschäftigte sich im Atelier mit der Auswahl von gespannten Leinwänden in verschiedenen Größen; Maren las im Wohnzimmer in einer Sammlung unveröffentlichter Gedichte. Keine Lyrik, sondern Verseklopferei zum Schmunzeln, im besten Falle. Auf dem Sammelordner stand: *Entwürfe*.

Hätt' ich die Wahl ein Obst zu sein,
dann wär' ich 'ne Banane.
Schön gelb, beliebt bei Groß und Klein
im Kuchen und mit Sahne.

Kommt dann ein Depp trotz Abitur
und prahlt: „Dich fress' ich quer."
Für den bleibt eine Antwort nur:
„Komm' mir nicht krumm daher."

Für Maren waren es mittlerweile vertraute Geräusche, die aus dem Atelier an ihre Ohren klangen. Sie war ins Lesen vertieft, als ihr auffiel, dass es seit einigen Minuten still war. Sie hob den Kopf und schaute durch das ehemaligen Schalterfenster hinüber. Es könnte ja sein, dass er mit einem Infarkt am Boden lag.

Doch sie sah ihn nicht und las weiter.

Hätt´ ich ein Tier zu sein die Wahl,
dann wäre ich ein Schwein.
Bin´s eh schon von zu Hause aus
und wär´ nicht mehr allein.

Wenn einer sagt: „Du blöde Sau.",
kann er nur einen meinen,
weil er nicht weiß, dass wir, genau,
bestehen aus zwei Schweinen.

Mit dem Zeigefinger im Sammelordner als Lesezeichen erhob sie sich, ging durch die Verbindungstür hinüber ins Atelier. Er stand mit dem Rücken zu ihr vor einer leeren Leinwand, die er auf einer Staffelei befestigte.

„Jonas?" Mit dem Frageton legte sich wie der Schatten eines Nachtkrabbs eine graue Stimmung über die sowohl zurückliegende als auch über die aktuell verrinnende Zeit. Maren spürte intuitiv, dass ab dieser Stunde zwischen ihr und Jonas nichts mehr so sein würde wie es vorher war.

Sie fragte noch einmal: „Jonas?"

Er drehte sich schwerfällig um. „Maren", sagte er mit gesenktem Kopf nur. Wie immer trug er im Atelier den Hut. Die Krempe verdeckte sein finsteres Auge.

„Was tust du, Jonas? Ist nicht alles gut, wie es ist?"

Es schien, als würden Minuten verstreichen. Maren fröstelte.

„Siehst du … siehst du diese Leinwand?", fragte er mit belegter Stimme. „Hhrrmmhh, ich möchte ein Aktbild von dir malen."

Es rumpelte, als ihr der Sammelordner aus der Hand zu Boden fiel.

*

Maren ging zu Fuß nach Hause. Ihr Gang wirkte beschwingt, um den Mund wetterleuchtete ein unechtes, beinahe irres Lächeln. Sie begegnete niemandem. Samstagnachmittags war nichts los im Dorf.

Es ist nichts passiert. Es ist nichts passiert, … spulte sie wie ein Mantra in Gedanken ab. *Nichts passiert. Nichts. Ein Aktbild? Wie kann er nur?! Es ist nichts passiert. Immer schön lächeln. Nichts ist passiert.*

„Maren, warte!", hatte er ihr nachgerufen. „Es ist nicht das, was du denkst. Lass´ es mich dir erklären."

Maren hatte nicht gewartet. Konnte nicht warten. Was sollte es an einem Aktbild zu erklären geben?

Trotz ihres geraden, beschwingten Gangs befand sie sich auf stürmischem Gewässer. Die Wogen schlugen, jetzt da sie den See erreichte, weiterhin hoch. Sie sah die Leinwand, sein Gesicht mit der Augenklappe und dem Hut wie in einer Endlos-schleife. Hörte die Worte wie von einer Langspiel-platte mit Rillenhänger. *„Ich möchte ein Aktbild von*

dir malen. Ein Aktbild ... Aktbild ... Nacktbild ...
Nacktbild ...

Plötzlich klangen auch alle anderen Worte, an die sie sich von ihm erinnerte, falsch. Nach einer perfiden Strategie. Erst einreden, dann schönreden, einlullen, einwickeln, Aktbild, Nacktbild.

Und was kam danach? Ha, das war ja wohl nicht schwer zu erraten. Ha!

Endlich im Haus angekommen, warf sie sich aufs Bett und zürnte so lange ins Kissen hinein, bis sie einschlief.

Aufgestanden mitten in der Nacht, zog sie Hose, Bluse, Socken und Unterwäsche aus und ein frisches Nachthemd an, schlüpfte wieder ins Bett und schlief durch bis Sonntagmorgen. Als sie die Augen aufschlug, regnete es noch immer. Aber es war ein neuer Tag.

*

22. Mai 2022 – 25. Mai 2022
Jonas.
In der Wohnung stank es nach Zigarettenrauch. Er hatte gestern Abend das Haus nochmal verlassen, aber nur um am Kiosk eine Schachtel Kippen zu ziehen. *Gauloises* ohne Filter, wenn schon.

Er hatte einen Brummschädel und ein brennendes Auge. Zu viel der Zigaretten, zu viel des Weins, gestern. Nachdem sie davongestürmt war. Gestern Abend. Maren.

„Lass´ es mich dir erklären." Aber sie war nur noch schneller gelaufen. Weg von ihm. Ihr Haar hatte einen roten Strich in die Dämmerung gezogen wie ein Autobremslicht auf einer Fotografie mit Langzeitblende.

Jonas stand unter dem Eindruck eines nachhaltigen Schocks. Machte gleich nach dem ersten Toilettengang die nächste Flasche Merlot auf. *Feuer bekämpft man mit Feuer*, verfiel er in die typische Rhetorik eines Säufers. Zündete eine Filterlose an. Mit gerötetem Auge schielte er in die Packung hinein und stellte missmutig fest, dass sie bald leer sein würde und er bei diesem Sauwetter nochmal zum Kiosk laufen musste.

Griesgrämig motzte er den Kater an, der erwartungsvoll vor dem Fressnapf saß. „Lauf doch zu ihr", knurrte er, „kennst ja den Weg," um ihm dann achtlos Trockenfutter in den Napf zu schütten.

Mehrfach setzte er zu Erklärungen an. Zu Rechtfertigungen und Entschuldigungen, doch jedes Mal wurde er auf den Moment der entscheidenden Sekunde zurückgeworfen, in welchem er Marens irrationales Verhalten begriff. Beziehungsweise nicht begriff. Aus seiner Sicht. Aus seiner Sicht nicht kapierte. *Hast du´s jetzt endlich?*
Oder etwa irgendwie doch?
Er kam mit seinen Ansätzen nicht vorwärts. Nach jedem Anlauf landete er immer wieder in Auflösung, kam sich vor wie ein Comic-Zeichner, dem keine

Sprechblasen zur Verfügung standen. Alle Versuche zerplatzten wie Text-Placebos ohne Aussagen in der Sprachlosigkeit. Zuerst vielversprechend, um danach als blinde Worthülsen zu enden und unter den Tisch zu fallen. Einfach sinnlos.

Vor Verzweiflung spürte er Schmerzen in der Brust. Beim Einatmen.

Er war sicher, dass das keine Anzeichen für einen Infarkt waren. Es musste muskulär sein. Irgendwie in der Nacht dumm und krumm gelegen. Vermutlich wahrscheinlich.

Nach einer guten Stunde des Wachseins fühlte er sich besser. Viel zu trinken war nicht notwendig gewesen, bis er den Vortagspegel erreicht hatte. Er lag auf dem Sofa unter einer Decke. Als Minou miaute, zog Jonas die Knie an den Leib und machte dem Kater Platz.

Weit hinter Jonas´ analytischem Horizont machte sich, eingefroren wie sie war, nach unerwartet langer Verbannung, eine Erkenntnis auf den Weg. Die einsame Erkenntnis, die alleine übrig geblieben war, nachdem alle anderen Stationen einer Kommunikationslosigkeit durchlaufen worden waren. Ratlosigkeit; Sturheit; Verschlossenheit; Verleugnung; Hilflosigkeit; Ängstlichkeit; Trotz. Soweit es Jonas betraf.

Etwa zur gleichen Zeit bewegte er sich selbst. Es sickerte in seinen Kopf, dass das Leben nicht weitergehen konnte, indem die Leber Weinstein ansetzte, die Lunge zur Kohlenzeche mutierte und er auf dem Sofa verschimmelte.

Es wurde Mittwoch. Tagsüber war er seit **dem** Samstag nicht mehr außer Haus gewesen. Bloß in der Nacht auf Montag hatte er am Zigarettenautomat Kippen besorgt. Sonst hatten ihn weder Telefon, noch Post, noch Menschen gestört. Nachrichten aus der realen Welt hatte er, wenn überhaupt, nicht aus der analogen Zeitung, sondern aus dem Laptop empfangen.

Seltsamerweise erinnerte er sich einer Nachricht ganz besonders, obwohl das Geschehen schon Jahre zurücklag: An den Überfall islamistischer Terroristen auf das Büro der französischen Satirezeitung *Charlie Hebdo* im Jahr 2015 in Paris, bei dem mehrere Menschen den Tod gefunden hatten. Grund für den Anschlag: Mohammed-Karikaturen. Das Magazin hatte die veröffentlichten Zeichnungen im Rahmen der Pressefreiheit als zulässig und als erlaubte Satire bezeichnet.

Jonas hatte die Meinung der Zeitungsmacher und vieler anderer Menschen westlicher Prägung nicht geteilt. Für ihn blieb eine Beleidigung eine Beleidigung, auch wenn sie unter dem Mantel der Satire versteckt war. Er rechtfertigte damit keinesfalls den Terroranschlag. Aber er war sich gewiss, dass Satire nicht alles durfte, was auf geduldigem Papier möglich war. Besonders nicht im ultrasensiblen Bereich von Religionen.

Es war dieser Umweg über *Charlie Hebdo*, der ihn zur Einsicht brachte, dass auch er als malender Künstler nicht alles malen durfte, was ihm als Künstler gefiel. Auch wenn das Aktmalen als eigenständiger Begriff in der Bildenden Kunst erörtert war. Während seines Studiums hatte er einige Gelegenheiten gehabt, Körperstudien an unbekleideten Menschen zu betreiben. Wobei nicht alle Modelle weiblich waren. So weit, so gut.

Nun, da er sich der Erkenntnis näherte, die langsam, sozusagen von der Rückseite her seinen fernen Horizont erreichte, wurde ihm klar, dass er sich Maren gegenüber vollkommen falsch und unfair verhalten hatte.

Im Prinzip war ihm die Brisanz des Themas vorher schon klar gewesen. Aber er hätte seinen Wunsch, eigentlich war es ein Angebot an sie gewesen, anders transportieren müssen. So aber hatte er sie unvorbereitet überfahren. Unvorbereitet er selbst wie auch Maren. Darauf hätte sie vielleicht anders reagieren können, ja. Hatte sie aber nicht, und so war es zu diesem gegenseitigen Unverständnis und Vertrauensbruch gekommen.

Es tat Jonas sehr sehr leid, und ihm blutete das Herz.

Mittwoch, ja, und die Sonne schien. Um seine Akkus wieder aufzuladen, beschloss Jonas, seine Wanderungen um den See wieder aufzunehmen. Und warum nicht heute, an diesem herrlichen Tag?

Er zog den Anzug an, den dunkleren, Weste und Hut, und stapfte davon. Vielleicht würde ihm an der frischen Luft einfallen, wie er Maren glaubhaft um Verzeihung bitten könnte.

*

Maren.
Wer bist du eigentlich, Maren? Was ist dein Problem?
Gedanken einer Tretmühle, die Maren von früh bis spät geistig in Bewegung hielt. Physisch pendelte sie überwiegend zwischen Bett und Sofa hin und her. Sie verspürte keinen Hunger und ernährte sich, aber bloß um dem rebellierenden Magen das Maul zu stopfen, von Salzgebäck. Bald aber würde der Vorrat aufgebraucht sein und sie über dieses Defizit zum Einkaufen zwingen.

Es wurde Montag, an dem nichts geschah, und dann Dienstag, am dem nichts geschah. Außer dem Üblichen. Morgens klapperte es an der Haustür, wenn der Bote die Zeitung brachte. Aber Post erhielt sie keine, und niemand rief sie an.

Sie kam sich vor, als sei ihr der Stecker gezogen worden. Müde, schlapp, missmutig, verärgert und – verletzt. Wohl sah sie den Garten und mit ihm die Pflanzen, die im Kommen waren. Angelegt in Gemeinschaftsarbeit mit ihm. Sie könnte so viel darin tun, doch es reizte sie nicht. Der Antrieb, den sie bräuchte, war verloren gegangen. Aktuell gab es kein Gemeinschaftsprojekt mehr.

In dieser bleiernen Stimmung erinnerte sie sich komischerweise an ihren Opa und dessen eigene Art, scheinbrütende Hennen zu behandeln. Er schnappte sie, hielt ihren Hintern unter einen kalten Wasserstrahl und sperrte sie anschließend einige Tage unter einen umgedrehten, mit einem Stein beschwerten Korb in den dunklen Keller.

Vielleicht sollte ich meinen Hintern auch mal in kaltes Wasser tauchen, dachte sie sarkastisch.

Was ist dein Problem, Maren?

Je länger je mehr fühlte sie sich ein bisschen wie die Autofahrerin, die über das Verkehrsradio die Warnung vor einem Geisterfahrer erhielt. *Einer?*, fragte sie. *Es sind Hunderte!*

Im Internet hatte sie nach Aktmalerei gegoogelt und festgestellt, dass die künstlerische Darstellung eines nackten Körpers so alt wie die Menschheit war. Was Maren nicht per se überzeugte, denn noch immer waren die als Modell ausgesuchten Personen, ob Frauen oder Männer, körperlich unversehrt gewesen. Und genau hieraus erklärte sich Marens Kalamität. Denn schon allein wenn sie sich selbst als Modell anbieten würde – man würde sie ablehnen. Nicht berücksichtigen.

Das tat irgendwie schon weh.

Und was nun Jonas betraf: Hätte er überhaupt eine andere Wahl, als sie abzulehnen, wenn er sie nackt zu sehen bekäme? Oder was wusste er über ihre Brust? War er eventuell ein Perversling, der sich an der Hässlichkeit ergötzte? So arg konnte sie sich in ihm doch nicht getäuscht haben. Wieso hatten sie zum Beispiel nie über ihre Brust gesprochen? Weil es ihn nichts anging?

Da war sie wieder. Die grundsätzliche Frage. Was will ich, das mein Gegenüber über mich weiß? Wie weit bin ich bereit, mich zu öffnen? Was bin ich bereit, aus fremder Hand anzunehmen? Jetzt? Später? Im Alter? Wenn ich Hilfe benötige? Zum Beispiel?

Donnerwetterdonner, wir sind doch zwei erwachsene Menschen. Wie soll die Welt gerettet werden, wenn man nicht mal zu zweit die Regeln für ein Miteinander achtet? Und wie kann ich sagen, dass das, was mich betrifft, ihn nichts angeht?

Es wäre nicht richtig gewesen, von irgendeiner Schuld zu sprechen. Niemand hatte Schuld. Aber es kam wie es kommen musste.

Unter stetig wachsendem inneren Druck erkannte Maren, wie hoch der Verlust an Energie war, um die Bausubstanz der mühsam von ihr errichteten und mehrfach renovierten Staumauer zu erhalten. Die verwendeten Baustoffe, wie Unsicherheit, naiver Stolz, und vielleicht auch unzeitgemäße verschämte Prüderie, teils Jahre alt, waren vermutlich nicht mehr die besten. Und wenn sich dahinter unbeantwortete Fragen türmten, sowie künstlich genährte Grundsätze – und wenn dann noch zur Unzeit auftretende Selbstzweifel die unleugbar angeschlagene Stärke torpedierten – war es um die Festigkeit des Bauwerks getan. Als die Fragen schließlich immer mehr und die Antworten immer weniger wurden, waren in der Hektik die Risse in der Staumauer nicht mehr zu kitten.

Es kam wie ein Dammbruch über Maren, und als alles Hinderliche fortgeschwemmt war, blieben als einzige die zwei wichtigsten Dinge zurück: Das Leben und die Ehrlichkeit.

Er geht mich **etwas** *an*, dachte sie, *und ich will, dass das so bleibt. Ich will* **ihn**.

*

25. Mai 2022 – 27. Mai.2022
Jonas.
Jonas spazierte in seiner typischen Haltung um den See: Hände auf dem Rücken, den Oberkörper leicht gebeugt. Doch die umgebende Natur tat ihm nicht den Gefallen, ihn zu fesseln. Weder sie noch er waren mit den Sinnen aktiv unterwegs. Hatte sich Jonas früher von den Schönheiten der Natur zum Träumen hinreißen lassen, wurden die Bilder heute in hoher Frequenz durch ihn hindurch *gestreamt*.

Er hasste dieses neumodische Zeug, dem man kaum noch entkommen konnte. Und dennoch musste er die ihm zur Verfügung stehende Zeit ableisten. Sachlich und nüchtern in Zahlen. Soundso viele Wörter, soundso viele Bilder, soundso viele Atemzüge. Er war erstaunt, dass er noch nie die Anzahl der Schritte um den See gezählt hatte. Alles war letztendlich gezählt. Ob es sich noch lohnte? Soundso viele?

Eine Maren. Mehr von ihr existierten nicht. Oder eventuell doch? Konnte sie nicht für ihn persönlich mehr sein? Eine zum Lachen. Eine zum Arbeiten. Eine zum … so viel er wollte?

Er musste sich von dem Gedanken lösen. Musste aufhören, sie als seinen Lebensquell zu sehen. Sie würde unter der Last zerbrechen.

Die zurückliegenden vier Tage hatten ihn mehr geschlaucht als ihm lieb war. Er hörte es am Geräusch seines Gangs. Auf der Sonnenseite des Sees, wo der Uferweg gekiest war, zog er mit den Schuhen Schleifspuren hinter sich her. Das wurde nur gefühlt besser, als er über die Holzbrücke ging, die den wasserreichsten Zufluss zum See in einer Bucht überspannte, und die Sonnenseite von der minderen Seite trennte.

Wie immer empfand er den Klimawechsel zwischen drüben und hüben gravierend. Drüben, die Postkartenseite, war im Grunde biologisch tot. Auf der wilden Seite, wo er jetzt vorwärts schritt, existierten noch allerhand Pflanzen und Tiere. Manche in gegenseitiger Abhängigkeit. Ein Grund dafür, weshalb Jonas´ Aufmerksamkeit hier schärfer justiert war.

Dieser war es zuzurechnen, dass er in einiger Entfernung voraus eine kleine Bewegung wahrnahm. In einem Tunnel aus links und rechts stehenden Bäumen mit in der Höhe sich zu einem Dach neigenden Ästen.

Nein, sicher war er nicht, aber er wollte es heute, heute, heute nicht auf eine … auf eine … auf einen

Zusammenstoß ankommen lassen. Nicht heute. Bitte nicht heute. Egal mit wem.

Ob er einen roten Feuerball gesehen hatte – es spielte keine Rolle – heute bitte nicht, und der tannengrüne Trenchcoat wäre ohnehin im Allseitsgrün des Waldes aufgegangen.

Ja, ja, ja, es war ein Déjà-vu, und weil es so war, kehrte er stante pede um und hastete, um nicht wie vor einem Monat gesehen zu werden, den Flanierweg wie der Teufel das Weihwasser meidend, über einen Umweg ohne Seeblick nach Hause. Es zahlte sich aus, dass er hier aufgewachsen war.

Das Blinken des Anrufbeantworters zog seinen Blick magisch an. Er wusste, wer der Anrufer war und wollte die Nachricht nicht abhören. Wie von dünnen Fäden fremdbewegt, drückte er auf den Knopf.

Die Nachricht bestand aus drei Worten, „Jonas, …bitte … komm …", und Marens Weinen.

*

Maren/Jonas.

Es war nicht der Mount Everest, sondern bloß die Seitenmoräne, hinter der Marens Haus lag. Dennoch pfiff Jonas´ Schnaufe auf dem letzten Loch, als er oben angekommen war.

Auch ein kleiner Gipfel kann ein Sieg sein, dachte er, stützte die Hände auf die Knie und wartete, bis sich der Puls beruhigt hatte.

„Jonas, … bitte … komm …"

Da hatte er sämtliche Vorbehalte, ganz gleich ob Scham, Schuld oder andere Hemmnisse, über Bord geschmissen und alles stehen und liegen lassen. Man sah ihn selten im Dauerlauf durchs Dorf schießen.

Als er zum Haus hinunterstieg, ließ er es keine Sekunde aus dem Auge. Nicht die beste Art, sich auf abschüssigem Gämsensteig einem Objekt zu nähern. So war es nur folgerichtig, dass er auf halber Höhe umknickte, strauchelte und stürzte. Nicht schlimm. Nur so, dass er das Knie blutig schlug und die Hose zerriss.

Von Maren indes war nichts zu sehen. Er hatte gedacht, sie würde ihn an der Haustür erwarten.

Die Wunde tat nicht weh. Sie blutete nur, und das Blut lief ihm das Bein hinunter. So kam er vor die Haustür, die zu seiner Verwunderung einen Spalt offen stand. Mit angehaltenem Atem betrat er das Haus. Es war still, als wäre niemand da.

Jonas' Mund war trocken. Er wollte ihren Namen rufen, brachte aber nur ein Krächzen zustande. Da hörte er ihre Stimme. „Jonas?" Eine Stimme, als hätte sie große Furcht.

„Maren!", rief er von der Küche aus.

„Jonas, ich bin hier oben. Kommst du?"

„Okay", sagte er halblaut und ging die Treppe nach oben.

Viel Auswahl, sich in dem kleinen Häuschen zu verlaufen, gab es nicht. Da es heller Tag war, vermutete er sie zuerst im Arbeitszimmer, doch es war leer. Er drehte sich in dem beengten Flur um –

„Oh, pardon", entfuhr es ihm und er zuckte wie von einer Giftschlange angesprungen zurück. Reflexartig wandte er sich wieder dem Arbeitszimmer zu. „Entschuldige, Maren …"

„Nein, Jonas", sagte sie mit bestimmter, aber fester Stimme. „schau mich an. Bitte."

„Aääh … du bist nackt …"

„Ja", antwortete sie wie ein Hauch.

Noch stand sie mit dem Rücken zur Tür vor dem großen Spiegel. Das lange rote Haar fiel in einer Welle über die rechte Schulter. Der weiße Rücken war nackt. Von den Hüften abwärts trug sie ein leichtes Sommerkleid mit Blumenmuster, das bis über die Waden reichte. Das Oberteil hatte sie von den Schultern gestreift. Dann drehte sie sich langsam zu Jonas um, den rechten Unterarm quer vor der Brust.

„Jonas, schau mich an", sagte sie beschwörend, die Augen stolz auf ihn gerichtet. „Schau, das bin ich." Sie senkte den Arm und gab den Blick auf ihre Brust frei.

Jonas sog scharf die Luft ein.

„Ich will, dass du mich malst, Jonas."

„Oh, Maren, ich …"

„Doch, das wirst du, mein Lieber. Ein Aktbild, wie du gewollt hast", sagte sie und machte einen Schritt auf Jonas zu.

Der blieb steif und bleich wie eine Marmorskulptur unter der Tür stehen. „Das … das … hab´ … ich nicht … gewusst, Maren. Das … hab´ … ich … nicht … gewusst", stammelte er.

„Wie hättest du es wissen sollen?", fragte sie sanft und trat noch einen Schritt näher. „Ich habe dir ja nichts gesagt."

Sie entdeckte seine zerrissene Hose und das blutende Knie. „Mensch Meier, du blutest ja. Schnell dort rüber ins Bad." Hurtig war sie bei ihm und dirigierte ihn geschickt über den Flur zum winzigen Bad. „Und jetzt Hose runter. Setz´ dich auf die Klobrille. Ich hole Verbandszeug."

Weil er keine Anstalten machte, sich zu setzen, sagte sie kichernd: „Mein Gott, Jonas, jetzt genier´ dich doch nicht so. Hock´ dich halt hin."

Eine halbe Stunde später war die Wunde desinfiziert und das Knie verbunden. Sie saßen sich bei Kaffee im Wohnzimmer gegenüber, Maren nun wieder korrekt angezogen.

„Du hast mich heute Morgen gesehen, stimmt´s?", fragte er überflüssigerweise. „Es tut mir leid, dass ich dermaßen überreagiert habe und abgehauen bin. Ich dachte, ich will dir eine Begegnung mit mir lieber ersparen."

„Du musst mir versprechen, dass es das letzte Mal gewesen ist, dass du vor mir geflüchtet bist", sagte sie.

Jonas´ Lächeln baute einen veritablen Eisenbahnunfall. Und noch immer vermochten Marens selbstbewusste Blickachsen ihn aus dem Gleichgewicht zu bringen.

„Was ist los, Jonas?", fragte sie ihn mit warmer Stimme, und es war die Frage, die er am allermeisten gefürchtet hatte. Er stierte enorm angestrengt an ihr vorbei durchs Fenster, während sie ihn mit den Augen in den Sessel bannte.

„Wollen wir heute Nachmittag im Garten arbeiten?" Ihm war gerade noch rechtzeitig eine banale Gegenfrage eingefallen. Maren ließ sie genauso unbeantwortet im Raum stehen wie er die ihrige.

„Deine Hose", sagte sie, „ich glaub´, die wirst du entsorgen müssen. Den Riss kann man nimmer flicken."

„Wenn du willst, kann ich am Samstag mit dem Gemälde anfangen. Also mit dem … Gemälde."

„Samstag ist gut", sagte sie. „In der Zeitung steht, dass es samstags regnen soll."

„Sonntag auch", antwortete er. „Regnen, meine ich."

*

Maren/Jonas.
Sie arbeiteten nebeneinander her, manchmal auch aneinander vorbei, von Mittwochnachmittag bis Freitagnachmittag. Die Gespräche drehten sich um Belanglosigkeiten, deren schiere Anzahl offenbar kein Ende zu nehmen schien.

Es war überwiegend Jonas, der irgendein Thema anschlug, als hätte er einen Radiosender im Kopf. Maren bewies eine fast übermenschliche Geduld mit ihm und ging auf ziemlich alles ein, das die Mühe eines Gedankens wert war.

Am Freitagabend jedoch war sie es, die das Wort ergriff: „Wann soll ich morgen dann bei dir erscheinen, Jonas? Muss ich was bestimmtes mitbringen? Tücher, Kleider, Haarbürste, Lippenstift, Mascara?" Sie registrierte wie ein Seismograph, dass Jonas allein auf diese Frage zappelig und verlegen reagierte.

„Äääh … nein, ich … äääh … habe es mir anders vorgestellt. Wir machen es bei dir", antwortete er.

Maren konnte es nicht lassen ihn ein bisschen aufzuziehen. „Ach, du hast es dir schon vorgestellt? Das ist interessant. Erzähl´ mal."

„Ja, natürlich, aber … nicht so, wie du denkst, dass ich mir vorgestellt hab´. Ich meinte, dass ich mir vorgestellt … also wir machen es bei dir. Dann hast du alles griffbereit."

„Ich verstehe. Willst du das Gemälde dann verkaufen?"

„Quatsch, nein!", lehnte er brüsk ab, „niemals. Es bleibt in deinem Haus. Es gehört dir allein."

*

28. Mai 2022
Maren/Jonas.
Am Samstagmorgen kam Jonas tatsächlich in einem Taxi vorgefahren und lud eine vorgrundierte Leinwand mit den Maßen fünfundachtzig auf hundertzehn aus. Wegen des Regens in eine Folie eingepackt. Anschließend eine Staffelei. In einem Koffer hatte er Farben, Pinsel und Lappen dabei. Als

Maren ihn zur Tür hereinließ, kam er ihr vor wie ein Schüler, den sie zwecks Nachsitzens wegen ungebührlichen Betragens zu sich nach Hause bestellt hatte.

„Guten Morgen, Jonas. Bist du okay?"

Er brummte einen unverständlichen Gruß, stellte den Koffer ab und lehnte die Leinwand mit der Staffelei an den Tisch.

„Trinkst du noch einen Kaffee vorher?"

Er schien ihre Frage gar nicht gehört zu haben, denn er hüstelte aufgeregt und begann den Ablauf des Malvorgangs zu erklären, wie er ihn sich vorgestellt hatte. Dass er, bevor er zur Farbpalette und den Pinseln griff, zuerst eine Skizze anfertigen würde. Und dass alles in allem eine beträchtliche Zeit dauern würde. „Du sitzt auf deinem Bett, Beine, also die Knie, angewinkelt. Hüfte und Unterkörper mit einem Tuch oder mit dem geblümten Kleid drapiert. Das sah recht gut aus. Die Beine ab Mitte Oberschenkel abwärts nackt. Den Oberkörper denke ich im Halbprofil. Das Gesicht mir zugewandt. Du schaust durch mich hindurch. Ich bin gar nicht vorhanden, verstehst du? Du verdeckst, wie am Mittwoch, deine … deine Brust, hhrrmmhh, mit dem Unterarm. Das Haar auch wie mittwochs um den Hals gelegt. Wir machen Sitzproben. Einverstanden? Oder möchtest du mit deinem Blick dem Betrachter in die Augen schauen? Überleg's dir. Noch Fragen?"

„Schminke ich mich?"

„Hast du nicht nötig", sagte ohne zu überlegen, „aber bitte, wenn du meinst?"

„Behalte ich den Slip an?"

Das erste Mal, dass Jonas an diesem Tag lächelte: „Du behältst den Slip an."

„Schön", sagte Maren, und atmete nervös aus. „Dann geh´ ich mal hoch und … ja."

„Ja", sagte er.

Maren saß mit geschminkten Lippen auf dem Bett. Die Haltung mit den angewinkelten Beinen war nicht leicht einzuhalten. Mit der freien Hand stützte sie sich deswegen unauffällig ab. Es würde sie einiges an Mühe kosten, beim Dauerlächeln nicht zu verkrampfen. Um die Hüfte hatte sie locker ein blaues Seidentuch geschlungen, sodass der Slip nicht zu sehen war. Sie hatte sich für den direkten Blick auf den Maler entschieden.

Die Staffelei mit der Leinwand stand zwischen Bett und Kleiderschrank. Jonas praktisch im Türrahmen.

„Ich sage dir, wann du dich etwas entspannen kannst, okay?" Er kam mit der Skizze schnell voran und legte exakt die Proportionen an, die es später galt mit Farbe lebendig werden zu lassen.

„Ich nehme an, dass du eine Krebs-OP hinter dir hast? Die drei Wochen, die du nicht zu Hause warst? Wenn du nicht darüber reden willst, ist es in Ordnung."

„Die zweite OP innerhalb eines Jahres, Jonas. Ja, ich hatte Brustkrebs."

Er malte konzentriert weiter. Wusste, dass es gut war, jetzt darüber zu reden.

„Ich hätte es dir noch gesagt, glaub´ mir. Aber es braucht ein bisschen Mut zu so einem … ja, was? Zu so einem … Geständnis? Bericht? Als Frau zu sagen, dass man keinen Busen mehr hat? Verstehst du? Man ist nicht jeden Tag gleich gut aufgelegt. Und ja, es braucht schon ein wenig ein Vertrauen, wem man was sagen kann oder nicht. Denn ich bin ja trotz allem noch eine Frau.“

„Das bist du zweifellos.“

„Als du vor einer Woche gesagt hast, dass du ein Aktbild von mir malen willst, da … da … ich hab´ zuerst gedacht, dass du mich verarschen willst. Hab´ gedacht, dass du hättest sehen müssen, wie es um mich stand. Dass ich gar keinen Busen habe. Ich dachte, du bist vielleicht krank und siehst mich nur als Objekt. Entschuldige Jonas, das hat mich abgestoßen.“

„Ich habe es ehrlich nicht gewusst, Maren. Und außerdem gibt es Frauen mit kleinem oder sehr kleinem Busen. Und da hatte ich gedacht, dass wäre bei dir so. Und eigentlich ist die Wand hinter dir an allem schuld. Sie wirkt so kahl, und da habe ich mir gedacht, warum nicht ein Bild der schönen Hausbesitzerin in ihrem Schlafzimmer, und dafür passenderweise ein Akt. So, jetzt muss ich für ein paar Minuten die Klappe halten, sonst wird aus dem Akt nichts.“

Insgesamt dauerte es vier Stunden, bis das Gemälde fertig war. Jonas arbeitete gerade beim Ausdruck von Marens Augen und bei der Darstellung der

Haare und des Faltenwurfs des blauen Tuchs besonders akribisch. Endlich, als er die Feinheiten ausarbeitete, durfte Maren ihre anstrengende Position verlassen und sich ankleiden.

Während der letzten Minuten guckte sie ihm schweigend über die Schulter und war von der ihn umgebenden Aura zutiefst berührt. Verglichen mit dem ersten Porträt, das Jonas praktisch aus der Erinnerung von ihr gemalt hatte, war diese Arbeit um Klassen besser. Auch wenn er kein Wort sprach, so empfand sie seine künstlerische Autorität wie ein statisches Kraftfeld. Maren verstand, dass an solch einem Kunstwerk nichts Anrüchiges sein konnte. Insgeheim hatte sie befürchtet, dass der die Brust verdeckende Unterarm wie ein schwarzer Balken auf den Betrachter wirken könnte. Anschauen verboten, sozusagen. Dem war jedoch nicht so. Vielmehr verstärkte diese Geste den Eindruck einer vordergründigen femininen Schutzbedürftigkeit und natürlicher Scheu. Ja! Für dieses Gemälde konnte es nur einen Platz geben. Über dem Kopfteil ihres Bettes.

Maren bemerkte, dass Jonas zum Schluss hin anfing, auf der Stelle zu trippeln und schwer zu atmen. Sie schätzte, dass er vermutlich nach so langer konzentrierter Arbeit auf die Toilette musste. Und richtig: Unmittelbar nach dem finalen Pinselstrich stöhnte er wie von Schmerzen gequält auf, schaffte es, die Farbpalette einigermaßen korrekt zur Seite zu legen und stürmte an Maren vorbei. Aber nicht zur oberen oder unteren Toilette, sondern hinaus in den Garten.

Nicht ganz sicher, wie sie mit diesem Verhalten umgehen sollte, verblieb Maren einige Minuten bei ihrem Gemälde und saugte es mit den Augen wie ein Lebenselixier auf. Dann jedoch siegte die Neugier, und auch die Sorge um ihn. Langsam ging auch sie nach unten. Durchs Fenster des Wohnzimmers entdeckte sie ihn draußen. Er hockte, die Ellbogen auf den Knien, rauchend auf einem Stein, der zur Umrandung einer der Pflanzinseln gehörte. Doch saß er nicht still. Oberkörper und Kopf beugten sich rhythmisch vor und zurück, als würde er …

Maren trat hinaus auf die Terrasse. *Was macht er da? Weint er? Mein Gott, er schluchzt.*

Ihr dringlichster Gedanke riet ihr, zurück ins Haus zu laufen und … *Was tu´ ich dort? Nix sehen, nix hören, nix wissen? Und dann? Kommt er herein als wäre nichts geschehen und sagt, dass er gehen muss? Und ich?*

Es waren nur ein paar Meter bis dorthin, wo er saß. Der Anstoß, zu ihm zu gehen, geschah instinktiv. Als sie bei ihm war, legte sie die Hand auf seine Schulter. „Jonas", sagte sie mit zärtlicher Stimme. Und noch einmal: „Jonas."

Jetzt, da sie gegenwärtig war, wurde er von Gefühlen übermannt und barg das Gesicht in seinen Händen. Sie ging neben ihm in die Hocke. „Magst du mir nicht erzählen, was dich so bewegt?"

Er schüttelte heftig den Kopf.

„Ist es wegen mir?"

Er schniefte, zog ein Papiertaschentuch aus der Jackentasche und wischte die Wange trocken.

„Ist es, weil du mich liebst?"

Er hob die Schultern und ließ sie dann kraftlos sacken.

„Ist es so, Jonas?"

Es beutelte ihn erneut. Dann presste er ein „ja-a-a-a-a" hervor, um nur noch kräftiger geschüttelt zu werden. „Ja, … ich … liebe … dich … so … sehr. Aber … es … kann … ja … nicht … sein."

„Ach, Jonas, und warum kann es nicht sein?"

„Wer … will … denn schon … einen … Einäugigen?"

Maren nahm seinen Kopf in die Arme und drückte ihn an ihre Brust. „Nun, vielleicht eine Frau ohne Busen?"

Das Erdbeben in Jonas' Körper brach ab und wurde ersetzt durch eine Art Schluckauf. Nicht für lange, denn er begann erneut zu beben. Doch es waren Erschütterungen anderen Ursprungs, die Maren nicht verborgen blieben. Sie fragte einmal skeptisch: „Jonas?"

Dann platzte es aus ihm heraus. Das befreiende Kichern, das von Sekunde zu Sekunde an Stärke zunahm, bis er endlich nicht mehr konnte und prustete: „Du bist so doof, Maren, weißt du das? *Vielleicht eine Frau ohne Busen?* Wenn ich nicht wüsste, dass du das gesagt hast, könnte der Witz von mir sein. Also echt, ne."

Sie ließ ihn sich beruhigen. Er nahm das Taschentuch, rieb sich das Auge und schnäuzte die

Nase. Dann sagte Maren, völlig in sich ruhend: „Das war kein Witz, Jonas. Ich meine es ernst."

Ihre Worte fielen direkt und ohne Umweg in seine Schublade, in der er die Gebrauchsanweisung inklusive Garantieschein für den Typ Jonas Baumann aufbewahrte. Er erhob sich aus der sitzenden Position und zog Maren aus ihrer Hocke mit hoch. „Bitte treib´ keine Scherze mit mir", sagte er, während sein Herz einen Nagel in den Kalender für Sternstunden hämmerte.

„Mach´ ich nicht", antwortete sie. „´s ist wahr."

*

Juni 2022
Maren/Jonas.
Es war sonnenklar, dass es sich um zwei verschiedene Katzen handelte. Nämlich um Jonas´ Minou, ein Kater, und um Marens Griseldis, eine Katzendame. Bewiesen war es nicht, doch das Personal munkelte, dass Griseldis das Ergebnis eines One-Night-Stands zwischen einer rassigen Katzendame und Minou war. Vater und Tochter also.

Doch doch, mittlerweile gehörte die sporadisch aufgetauchte und gelegentlich zu Besuch gekommene Katze zu Marens Haushalt. Obwohl man bei einer Katze oder einem Kater nie von Besitz und Eigentum sprechen konnte. Menschen waren für Katzen im Großen und Ganzen eine brauchbare Erfindung. Sie bezahlten das Fressen und den Arzt und sorgten für ein Dach über dem Kopf.

Ja, seit einem Monat wohnte Griseldis offiziell bei Maren. Offiziell hieß, mit Identitätschip, eigenem Impfpass, in Vollpension mit Freigang. Sie ließ Maren in dem Glauben, dass sie wegen ihr in deren Haus eingezogen war. Aber im Grunde war es das All-inclusive-Gesamtpaket.

Einmal hatte Griseldis den vermeintlichen Erzeuger kennengelernt. Maren hatte sie in einem Kleintiertransportkorb mit zu Jonas genommen. Aber er, Minou, hatte sich nicht für sie interessiert, von wegen Vaterschaft und so. Weshalb also hätte sie sich für ihn interessieren sollen? War ein Schlag ins Wasser gewesen.

Maren und Jonas teilten sich nun zwei Wohnsitze. Einmal Schloss Versailles und einmal Schloss Neuschwanstein, wenn Maren erzählte. Oder Grand Central Station und Bahnhof Klein Kleckersdorf, wenn Jonas erzählte. Beide meinten das Gleiche.

Mal wohnten und schliefen sie bei ihm daheim, mal bei ihr daheim. Es kam auch vor, dass jeder allein bei sich wohnte und schlief. Aber die meiste Zeit verbrachten sie gemeinsam, und es funktionierte wunderbar.

Über Jonas´ Haustür prangte ein neues Schild: Jonas Baumann, *Maler* und *Pöt. Maler* ohne das frühere Fragezeichen. Denn er malte wieder, und bald würde er eine eigene Ausstellung haben. Wichtiger aber war ihm die Liebe, die er an Marens Seite kennenlernte.

Was Maren betraf, so fügte sie dem Manuskript für das geplante Buch Seite um Seite hinzu. Sie hatte nie gedacht, dass das Schreiben sie einmal so ausfüllen würde, wie es aktuell geschah. Sie genoss das Arrangement zwischen Jonas und ihr, das ihr allen Freiraum ließ, den sie brauchte. Und dennoch wollte sie seine Liebe nicht mehr missen, genauso wenig wie sie das Gefühl nicht missen wollte, rundum eine zufriedene glückliche Frau zu sein. Dass sogar Sex – wieder – eine Rolle in ihrem Leben spielte, wenn auch keine große, konnte sie mit einem Augenzwinkern akzeptieren. Und auch Jonas war in dieser Beziehung ein *Vielleicht* lieber als ein *Muss*, und oft genug siegte schlicht und einfach die pure Bequemlichkeit über ein gar nicht so arg drängendes Bedürfnis.

Was er beibehielt, waren die Runden um den See. Wie immer beginnend auf der sonnigen Flaniermeile. Und manchmal, wenn Maren der Schalk im Nacken saß, wanderte sie ihm entgegen, noch immer *wie eine Seiltänzerin* mit nach außen gewinkelten Händen, um ihm irgendwo im Wald auf der wilden Seite aufzulauern. Die rothaarigen Frauen, sagte man, galten nämlich als unberechenbar.

****

Anmerkungen des Autors.

Das Dorf und den See *irgendwo dort draußen*, in der vorliegenden Geschichte *Trauchsel* und *Trauchseler See* genannt, gibt es leider nirgendwo. Das gleiche trifft auf die Ortschaft *Bad Flecken* zu.

Von einer speziellen *Baumann'schen Tiefe* ist in der Kunstwelt nichts bekannt. Was nicht automatisch bedeutet, dass man in der bildenden Kunst nicht auch über den perspektivischen Begriff der *Tiefe* spricht.

Jedoch sind die beschriebenen Katzen *Minou* und *Griseldis* einer realen Figur nachgezeichnet (siehe die Fotografie auf der Buchrückseite), die meine Frau und ich bei deren so unangekündigtem wie kurzem Besuch kennenzulernen die Ehre hatten.

Weitere Bücher von Peter Siefermann im Twentysix-Verlag.

„Zwölfeinhalb Bären, oder wie die Bären nach Waldulm kamen."
ISBN: 9783740711917

„Das große Spiel, oder mit Lachdatte, Mängehatte und Toklapier."
ISBN: 9783740727451

„Tierisch-menschliches in Lyrik und Prosa."
ISBN: 9783740714000

„Drei Männer, zwei Boote, ein Fluss und der Blues."
ISBN: 9783740712952

„Teddor."
ISBN: 9783740729400

„Aus der Sicht des Pumas"
ISBN: 9783740731625

„Die Sachenfinderin"
ISBN: 9783740733674

„Der Totensänger."
ISBN: 9783740744281

„Der Bassist."
ISBN: 9783740746940

Der „Zach"
ISBN: 9783740749132

„Handkerchief"
ISBN: 9783740753580

„Zwölfeinhalb Bären auf Weltreise"
ISBN: 9783740766740

„Einfach Uhl."
ISBN: 9783740771942

„Lui, der Vogelfreund."
ISBN: 9783740780654

Alle Bücher sind auch als E-Book erhältlich.

Kriminalromane von Pit Ferman im Twentysix-Verlag.
aus der Edgar-Schaaf-Krimireihe.

„Schaafswinter."
ISBN: 9783740727550

„Schaafssturm."
ISBN: 9783740713454

„Schaafshammer."
ISBN: 9783740731533

„Schaafsgold und der ungelesene Autor"
ISBN: 9783740743277

„Schaafsinsel."
ISBN: 9783740752972

„Schaafshunde."
ISBN: 9783740708191

„Schaafsfrauen."
ISBN: 9783740761820

„Schaafssteine."
ISBN: 9783740766092

„Schaafsherbst."
ISBN: 9783740771980

„Schaafskind."
ISBN: 9783740785260

„Schaafsfeuer.“
ISBN: 9783740715472

„Schabrack.“
ISBN: 9783740787431

Alle Bücher sind auch als E-Book erhältlich.

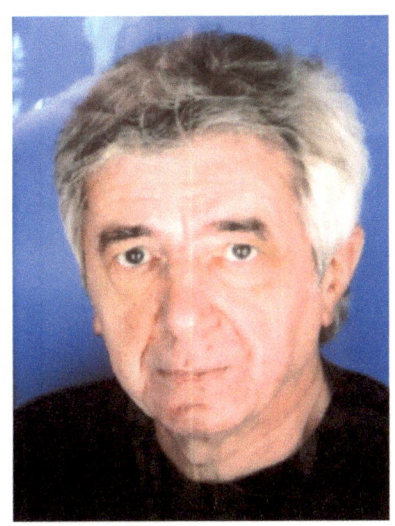

Peter Siefermann wurde 1953 in Kappelrodeck im Land Baden-Württemberg geboren. Er lebte über dreißig Jahre in Basel in der Schweiz und arbeitete für ein deutsches Transportunternehmen. Nach Versetzung in den Ruhestand zog er mit seiner Ehefrau nach Deutschland zurück.
Peter Siefermann ist Vater zweier Kinder, die beide in der Schweiz leben.